JN213938

まだまだここから

宇佐美牧子・作　　酒井 以・絵

ポプラ社

もくじ

1 検定

「受かる、受かる、受かる」
むねのドキドキに負けないように、
ぶつぶつ自分にいい聞かせながら
自転車のペダルをふみこむ。
これからスイミングの検定だ。
それも、特訓生になれるかどうかがかかった検定日だった。

ぼくの通う宝田スイミングスクール（TSS）には、一般生クラスのほかに、水泳選手を目指す特訓生クラスがある。
特訓生になるには、コーチのすいせんを受けて、さらに、特訓生専属のコーチが見に来る、年に一度の検定に合格しなければならなかった。

今年さいしょの練習の日、

「蓮はずいぶん上達したし、特訓生にチャレンジしてみないか？」

と、コーチから声をかけられた。

あんまり思いがけない話だったから、ぼくはぽかんとしてしまった。

そんなぼくに、特訓生になると練習が週五日になることや、四月の検定で特訓生専属のコーチに合格をもらわなくてはいけないことを、コーチは丁ねいに説明してくれた。

「ただ、低学年の子のほうがこれからのびる可能性があるから、特訓生になりやすいっていわれてるんだ。蓮は四月から四年生だし、不利な部分もあるかもしれない。でも、もし気もちがあるならやってみないか？」

コーチに顔をのぞかれても、まだ「やる」とも「やらない」とも決められず、あいまいにうなずいて家へ帰った。

母さんにそのことを話したら、「まあ、本当⁉」っておどろいていた。

ぼくは運動が得意なほうじゃないので、リレーの選手にえらばれたこともないし、逆上がりだっていまだにときどきしっぱいするくらいだったから。

でも、水泳だけは、なぜかけっこううまかった。

水はさいしょからこわくなかったし、水中で目を開けるのもぜんぜん平気で、スイミングへ通いだしてからは検定にもぽんぽん受かった。

「蓮は、前世、魚だったんじゃないか？」

なんて、コーチからじょうだんでいわれたことだってある。

「水泳は、蓮の特技だもんね」

母さんはそういって、にっこりとほほえんだ。

特技かあ。まあ、たしかに、

「水泳はけっこう得意かな」

そんな自覚はぼんやりあったけど、言葉にすると、ますますそんな気がしてきた。

「特訓生なんて、かっこいいじゃんか」

父さんにもそういわれた。

水泳選手になるなんて考えたこともなかったけど、もしかしたら……。

水泳はすきだから、たくさん泳げるのもうれしいし……。

だんだんその気になってきた。それで、四月の検定までの三か月間、特訓生になれるよう一生懸命がんばるって決めた。

TSSでは、平日の四時から一時間、自主練習用にプールの一コースが開放されている。

ぼくは週二回の練習日のほかに、毎日自主練習に通うことにした。

思いがけず同じタイミングで、一年生の弟の凛も、特訓生にならないかと声をかけられた。ただ凛は、ふだん通りスイミングに通っているだけだった。

自転車の前を、桜の花びらが、さーっと横切っていく。

すぐわきのせせらぎ公園に植わる桜の木から、風に乗った花びらがさらさらとこちらまで流れてくる。

桜の木の下には小さなあずまやがあって、その中で男の子が三人、頭をよせあっていた。

あっ、今日は火曜日か。

その三人は、三年生のときになかよくなったぼくのゲーム友だちだった。みんな同じロールプレイングゲームがすきで、全員の習い事のない火曜日には、かならずあのあずまやに集まった。

ゲームはオンラインでもいっしょにできるけど、みんなで集まると、おかしを交かんしたり、さいごに鬼ごっこをしたり、おまけの楽しみがあって何倍も楽しかった。

自主練習へ通うために、火曜日のゲームの集まりに参加できなくなると話したとき、三人はすごくがっかりしていた。

「四人そろわなきゃ、もり上がらないよ」とか、「蓮がいなきゃつまんない」とかいわれた。

そんな風にいわれたら、ついぼくも、火曜日は自主練習を休もうかなって思いかけた。それでもなんとか、

「せっかくコーチにさそってもらったし、がんばろうと思うんだ。特訓生になったら火曜日は練習がないから、またみんなと遊べるし」

そういって首をふった。するとみんなは、

「そっか。まあ、せっかくのチャンスだもんな」

っておうえんしてくれたんだ。

あずまやのほうを見ていると、三人のうちのひとりがふっとこちらへ顔を上げた。

「あっ、蓮だ！」

その声に、のこりのふたりもこちらをふりむく。

「水泳がんばれよー」

「ファイトだー!」

笑顔の三人に、

「ありがとう!　がんばってくるねー!」

とびきり大きな声でこたえると、ぼくはまたまっすぐ前へむき直った。


プールサイドに立ち、スイミングにただよう塩素のかおりにつつまれると、ドキンドキンとさらに心臓が大きくはねだした。

ああ、落ち着かなきゃ。

ゆっくりふーっと息をはきだしたら、一足先にコーチたちの前で泳いで検定を終えた凛が、ロビーのほうから手をふるのがガラスの壁ごしに見えた。

凛はにこにこ顔だ。

検定に受かって、特訓生にえらばれたのだ。

そのことをさっきロビーで聞いたとき、思わず「えっ、凛は自主練習してなかったのに」とつぶやいてしまった。

すると母さんが、「小がらな子が多かったから、背の高い凛がたまたま目立ったのよ」って、ぼくをなだめるようにこそっといった。

背が高いと手足が長いので、泳ぐのに有利なことは知っていた。

凛はクラスで一番背が高い。

ぼくはクラスで特別大きくはないけれど、小がらでもない。

だから、合格する可能性はまだあるよね。

そう思い直してうなずくと、母さんがぽんと背中をたたいて送りだしてくれた。

検定を見られるときんちょうするので、先に家に帰ってとたのんでおいたから、凛と母さんはつれだって下駄箱のほうへ歩いていく。

それを見送ると同時に、コーチから名前をよばれて、ぼくは検定を受ける子たちの列にならんだ。

ぼくは列の一番さいごだった。前にならんでいる子たちは、ぼくより小さい子ばっかりだ。

やっぱり特訓生になるには、低学年のほうが有利なんだな。

ってことは……、ぼくにはこれがさいごのチャンスなのかも。

そう思うと、ぶるりとひとつ身ぶるいがでた。

今日までぼくは、一生懸命練習してきた。母さんも父さんも、それから友だちも、ぼくをおうえんしてくれてるんだ。

うん、だいじょうぶ！

受かる！　受かる‼　受かる!!!

自分の思いに強くぐっとうなずいて、プールへ入った。

スタートの合図と同時に、ただひたすら泳いだ。

ゆらめく水色の視界の先にプールの壁が見えて、はっとした。

のばした右手の指先がざらっとした壁をとらえ、プールの底に足をつく。

なんだか夢から覚めたみたいな気分だった。

シャワーをあびたあと、コーチに検定の結果を聞いた人から順に、更衣室へ引き上げていく。

ひとり、またひとりと去っていき、さいごにぼくがのこった。

思わずにげだしたいのをなんとかこらえ、コーチの前に立つ。

コーチと視線がぶつかって、ぐっとのどが鳴った。

じっと見つめていたコーチのくちびるがゆっくりと動きだす。

「今回は……、ざんねんだけど」

しずかにいって、それからコーチはこくんとひとつうなずいた。

ざんねん。

頭の上に、どしんとなにかが落ちてきたような気がした。

「またがんばれよ」

コーチの言葉におされて、つんのめるようにしてなんとか足を前へ出した。

またっていうけど、もうつぎのチャンスはないかもしれないのに。

鼻の奥がツンとして、目元が重くなる。

すっかりかさついていて塩素のかおりがする手で目元をぬぐうと、大急ぎで着がえて外へ出た。

自転車に乗ったけれど、ペダルをこぐ足に力が入らない。

ふらり、ふらりとゆれながら自転車を進めていくと、桜の花びらがさらさらと目の前を横切った。

顔を上げたら、せせらぎ公園の前だった。

あずまやの下にはもうだれもいなかった。

夕日は空へとけこみ、うっすらと夕やみがせまっている。
楽しいゲームの時間は終わったのだ。
楽しい時間を、ぼくは何回のがしてきたんだろう？
週に一回、それを三か月。特訓生になるまでってがまんした。
でも……。
特訓生になれないなら、なんのためにがまんしたのかな？
「がんばったんだけどな……」
なみだがあふれてきそうになって、あわてて空を見上げた。
ふきぬけていく風をさっきよりつめたく感じる。
ぼくは凛よりがんばってたよね。
むねの中は、いつの間にか黒いもやもやでいっぱいになっていた。
今までのがんばりって、むだだったのかな？
風のつめたさが鼻にしみて、ずずっとはなをすすり上げた。

2 ちょっといいこと

スイミングの練習を終えて、更衣室を出た。

更衣室からロビーへとつづくろうかは、ガラスの壁になっていて、プールの様子がよく見える。

こちらからよく見えるってことは、プールからもよく見えるってことだ。

プールのほうで、ひらひらっと手をふる子がいた。

「あっ……」

ぱくぱくさせた口が、「にいに」って動くのがわかる。

凛だ。

いつもの緑色ぼうしじゃなく、特訓生クラスの黒くてぴたっとしたスイムキャップをかぶっている。

六月に入った今日から、凛は正式に特訓生になった。

黒ぼうしをかぶっているせいか、いつもより顔が引きしまって見える。

そこで、近くにいた子から「あれって、蓮の弟？」と声をかけられた。

凛がこちらへ手をふるのを見ていたらしい。

今から始まるのが特訓生クラスの練習だとみんなも知っているので、ぼくのことまでどこか感心したような目で見てくる。

「あっ、うん」

うそをつくわけにもいかずうなずくと、「へえ、すごいじゃん」ってほめられた。この子はぼくが特訓生の検定に落ちたことを知らなくて、凛をただほめてくれているんだ。

頭ではそうわかっていても、ずきんとむねがいたんだ。

「じゃあ、またね」

そういうと、ろうかのつきあたりにあるトイレへかけこんだ。

タイミングよく、トイレにはだれもいなかった。

ため息といっしょに、くやしさがあふれてくる。

……凛はいいよな。

どうしてもそう思ってしまう。

かがみをのぞいてなみだが出ていないのをかくにんすると、ろうかへ出た。

そろそろ母さんがぼくを探しているはずだ。凛をスイミングへ送ったあと、ロビーで待ち合わせていっしょに帰ろうといわれていた。

ろうかはまだ、練習終わりの子たちでこみあっている。

母さんのすがたは見当たらない。

プールでは特訓生の練習が始まろうとしていた。

その練習がやっぱりちょっと気になって、ぼくはプールがのぞけるガラスの壁へそっと近づいた。

一番手前の一コースに凛はいた。

どのコースにも五、六人の子がならんでいて、笛の合図でつぎつぎに泳ぎだす。コーチがきびしい顔で声をかけている。

プール全体がぴりっと引きしまった空気を宿していた。

さっきまで、ぼくもあそこで泳いでたのに……。

思わず手をのばすと、てのひらがガラスにふれた。

ひんやりしたつめたさが、てのひらにつたわってくる。

ガラスの壁のむこうに、あなたは行けないよ。
そういわれている気がした。
ああ、見なきゃよかったな。
ぼくはすっと、プールに背をむけた。
ちょうどそこで声がかかった。
「ああ、ここにいたの。じゃあ、帰ろうか」
母さんがふわっとほほえむ。
ぼくはだまってうなずくと、まだこみあう下駄箱へむかう母さんのあとにつづいた。

コンビニの角を曲がり車通りの少ない住宅街の道へ入ると、母さんの自転車がすーっとぼくのとなりにならんだ。
「今日はどうだった?」

母さんが聞いてくる。

スイミングから帰ると、いつもそう聞かれた。

細かい練習内容を説明するのは面どうだったし、練習は毎回楽しかったから、いつも「楽しかったよ」ってこたえていた。

「楽しかったよ」

いつものようになるべく明るい声でいってから、

「ねえ、それより今日の夕飯なに？」

ぼくは話題をかえた。特訓生になれなくてまだ落ちこんでいることを、母さんに気づかれたくない。

「もう、お腹ぺっこぺこ」

重たい気もちでふくらんだむねの下を、ぼくは大げさにさすってみせた。

「じゃあ、母さんと凛も出かけるからね」

母さんのいそがしそうな声を、ぼくはふとんの中から聞き、「うん」とねぼけ眼でうなずいた。

バタンと玄関とびらが閉まり、ガチャッとかぎのかかる音がひびくと、家はシーンとしずまった。

コチ、コチ、コチ……。

急に時計の音が聞こえてくる。

七時三十分。いつもなら学校へ行く時間だけど、今日は土曜日だ。

父さんは土日も仕事があるので、平日とかわらず七時すぎに出かけるけれど、休日のぼくと凛は八時まで自由時間ということになっていた。

凛はたいてい早起きしてテレビを見ていて、ぼくはのんびりねていることが多かった。

だけどそれも先週までのことだ。

今日から凛は、スイミングの朝練習が始まったから。

特訓生クラスには、月、水、木の夕方練習に加え、土日に朝練習があった。

凛は、前に父さんが「特訓生なんてかっこいいじゃんか」ってぼくにいったのを聞いていたようで、「ぼくもかっこよくなるんだ」と、きのうからはしゃいでいた。

しばらくごろごろふとんの上で体を転がしたあと、起きてリビングへ行くと、テーブルにぼくの分の食パンとサラダと牛乳が置いてあった。

パンのはしっこにさわったら、ぱさっとしていてつめたかった。

先週までは、ちょうどカリッとパンがやけたところで「ごはんよー」ってよんでくれたのに。

「ちぇっ」

ソファにごろんとねころんだ。いつもならテレビを見る凛に占領されているけれど、今日はがら空きだ。目の前のテレビは真っ暗で、聞きなれたアニメのテーマソングも流れてこない。

コチ、コチ、コチ……。

やっぱり時計の音だけが聞こえる。

「今ごろ、凛は練習してるんだろうな」

テレビに背をむけて天井をあおいだ。

それで、どんどんタイムがあがって、うまくなっちゃうのかな。

……水泳が得意なのは、ぼくだったのに。

むねの奥にぽかっと開いたあなから、黒いもやもやがわきだしてくる。

「もう、スイミングなんかやめちゃおうかな」

そしたらこのもやもやからも解放されて、きっとすっきり晴れあがった夏空みたいな気分になれるはず。

だけど……。

ゲーム友だちの三人は、ぼくが特訓生になれなかったことをつたえると、すごくざんねんがって、「また来年がんばれよ」っていってくれた。

歳が上がるほど合格には不利かもしれないけれど、受からないと決まったわけじゃない。

そう思ったら、今スイミングをやめてしまったら、特訓生を目指してがんばった日々も、まだ特訓生になれる可能性も、自分ですててしまうような気がした。

それならもう、

「つき進むしかないじゃん！」

足を宙へふりあげると、えいっといきおいよく起きあがった。

「ぼくも練習しなきゃ」

食パンを口へつっこみ、ぱさついているのにもめげず、ごくんと一気に飲みこんだ。

「えっ、休館……」

プールのある建物の入口には〈本日、プールは休館です〉という札が出ていた。

ぼくは、市民プールへやってきた。

駅の反対口へ出て、そこからつづく坂道を上ると、体育館やテニスコート、それから屋内プールと夏季限定の屋外プールのある川原運動公園があった。

屋外プールへは何度かつれてきてもらったことがあったけど、屋内プールはまだ一度も来たことがなかった。

道にまよわないように大通りをえらんで自転車を走らせたせいで、ここまで三十分以上かかったけれど、なんとかたどり着けた。

なのに休館なんて……。

思わずふらりと、立て札のそばの壁にもたれかかる。

そこで、すぐわきに掲示板があることに気がついた。

学校で配る手紙くらいのチラシが、ランダムにはられている。

テニスクラブの会員募集やバスケットボールチームの案内など、どれも運動公園で活動するクラブのしょうかいらしい。

見るともなしにながめていると、「すいすい川原クラブ」という文字が目についた。おもわずまゆをよせる。

……ださい名前。

けど、ちょっと待てよ。

「すいすいって、もしかしてスイミングクラブかな？」

「ええ、そうなの」

とつぜん、頭の上から声がふってきた。

見上げると、川原運動公園とむねにペイントされたポロシャツすがたのお姉さんが、にこっとほほえんだ。

「市内の小学生に水泳に親しんでもらうためのクラブでね。二か月おきにレベルやテーマを決めて参加者を募集しているの。参加費はプールの入館料だけだから、ときどき抽選になるくらい人気なのよ」

お姉さんがチラシの中ほどを指さす。

そこを見ると、一月から二か月ごとに、初級者むけ、中級者むけ、上級者むけと、レベル別のクラスが開催されてきたことがわかった。

「七月・八月のクラスからは、テーマが決まっていてね」

お姉さんの指が下へずれていく。

「えっと……、トライ？」

テーマの欄には、たしかにそう書いてあった。

ちなみに、九月・十月のテーマは「背泳ぎマスター」、十一月・十二月のテーマは「クロールで五十メートル泳ごう」だ。

きっとそれぞれ、背泳ぎとクロールの練習をするのだろう。

けど、トライってなにをするんだろう？　首をひねるぼくに、

「二か月ごとにコーチもちがって、テーマはその回をたんとうするコーチが決めているの。七月・八月は、みんなに『トライ』してほしいんですって。泳ぎ方や泳げるレベルにはこだわらないっていってたわ」

お姉さんはそう説明してくれた。

「トライか」

口の中で言葉を転がした。

たしか「ちょうせんする」って意味だよね。

特訓生の検定に落ちた今、このままじゃだめなことはわかっていた。

だからぼくには、トライが必要な気がする。

……やってみようかな？　けど、

「三人しか参加できないんですね」

クラブの募集人数が、七月・八月のところだけ赤いペンで三人に書き直されていた。

「そうなの」

と、申しわけなさそうに肩をよせて、お姉さんはつづけた。

「いつもは参加者を十人募集して、インストラクターが三人つくの。でも今年の夏はどうしてもコーチがふたりしか見つからなくて」

それで募集人数をへらしていたところ、さらに先週になってインストラクターのひとりがけがをしてしまい、参加できなくなったそうだ。

だから三人なのか。

すでに参加は抽選になるという。三人にえらばれるなんて、むりそうだなって思った。

でも、土日の朝八時半から十時までって練習時間も、全部で十四回も練習ができることも、ぼくにぴったりだ。

さらに、

「七月・八月のインストラクターは春田さんっていって、高校時代に平泳ぎでインターハイ三位の実績の持ち主なのよ。そのあと指導者になったんだけど、熱心な方でね、教え子からは春さんってしたわれているの」

そんな風にいわれたら、もう申しこみ用紙をもらわずにはいられなかった。


「蓮、おそくなって悪かったな。夕飯にするか」

月曜日の夕方、父さんは家に帰ってくるなり笑顔でいった。

月曜日は父さんの仕事がお休みだから、母さんは凛についてスイミングへ行くと練習終わりまで待っていっしょに帰ってくる。

それで夕飯は、ぼくと父さんのふたりで食べる。

たいてい六時半には食べはじめるんだけど、今日は用事で出かけていたときに仕事のお客さんからよばれたとかで、帰りがおそくなると電話を受けていた。

「お客さん、なんの用事だったの？」

「車のバッテリーがあがってこまってたんで、助けてきたんだよ」

父さんは当たり前のことみたいにこたえた。

車の営業をしている父さんは、仕事が休みの日でもお客さんからの電話にいつも出てしまう。

お客さんを大切にしないとな、っていうのが口ぐせだった。

ただ、そうやってお客さんを大切にしてきたのに、父さんのつとめていた自動車会社の津見田支店は去年つぶれてしまった。おかげで今は、電車で一時間ほどかかる、同じ会社のべつの支店ではたらいている。

津見田支店がつぶれたとき、営業所ではたらいていた人の半分は会社をやめてしまったそうだ。

父さんもすっかり落ちこんでいたし、新しい支店に異動したあとも、すごくつかれているみたいだった。

前のように家で仕事の話をするようになったのは最近だ。

津見田支店があった場所は、今は建物が取りこわされて空き地になっている。そこを見るたびに思うんだ。

お客さんをふやす工夫をもっとがんばれば、津見田支店はつぶれなかったんじゃないか、って。

父さんは下げていたビニールぶくろから、ビー玉くらいの赤いものを取りだすと、流しであらいはじめた。

表面にまだ土がついていて、シンクに土のつぶが流れだす。

「それ、なあに？」

わきからのぞくと、

「二十日大根、ラディッシュともいうな」

丸くて赤い大根を、人さし指と親指でつまんでみせた。

「これをさ、うすーく切って甘酢につけておくとおいしくなるんだってさ」

まな板の上で、トンッ、トンッとゆっくりラディッシュを切っていく。

おっかなびっくり切るところが、母さんとはだいぶちがう。

大きな背中を丸めて、ゆっくりゆっくり包丁を動かすすがたは、なんだか
ちょっとおかしかった。

切りおえるとボウルに入れ、冷ぞう庫にあった甘酢をじゃーっと注ぎたす。

「あっ、ピンク色になった」

ラディッシュの皮の色がにじみだし、
とうめいな酢がピンク色にそまる。

「きれいだなあ」

父さんものんびりながめている。

そういえば、

「それ、どうしたの？」

「お客さんにお礼だってもらったんだ。
とれたてほやほやだぞ」

うれしそうににっとわらった父さんは、
「ちょっと味見」といってさっそく
ラディッシュをはしでつまみあげた。

コリッといい音がする。

「んっ、うまいっ」

満足そうにうなずくと、

「ちょっといいことがあるとさ、またがんばろうって思うんだよな」

ひとり言みたいにいった。

そこで、テゥルルと、家の電話が鳴った。

「おっ、なんだなんだ？」

父さんが受話器をとる。「はい」「はい」と二、三度返事をしたあと、なぜだか受話器の口に手を当てて、ぼくのほうをふりむいた。

「蓮、すいすいなんとかってのに申しこんだか？」

「すいすい？」

いっしゅん考えて、ぱっと目を見開いた。

「すいすい川原クラブ？」

「うーん、たぶん」

ぎこちなくうなずく父さんに、電話を代わってもらった。

「おめでとう。当選よ」

電話口の声は、この前のお姉さんのようだ。

「やったー、ありがとうございます」

声がはずみ、さっきの父さんの言葉が頭にうかんだ。ちょっといいことがあると、またがんばろうって思う。

そうだよね、ぼくもがんばらなきゃ！

3 すいすい川原クラブ

「これでよしっ」

水着を入れたカバンのポケットへ、さいごに市民プールの入館パスをしまった。すいすい川原クラブの入会手続きに市民プールへ行ったとき、この前のお姉さんにすすめられて、母さんが買ってくれた。

これがあれば七月と八月の間、市民プールに何度でも入れる。

あと半月もすれば夏休みになるし、すいすい川原クラブの日以外も練習に通えるのはぼくにとって好都合だった。

すっかりじゅんびを終えると、しずまった家の玄関にかぎをかけた。

今日は市民プールまでの近道を調べておいたので、二十分ほどで到着した。

それでも七月の強い日ざしに、すっかりあせだくだ。

「けどこれも、トレーニング、トレーニング」

自分でいってうなずいて、屋内プールのある建物の入口へ急ぐ。

だけど、

「あれ？　閉まってるじゃん」

自動とびらの前には、黄色いチェーンつきのポールが出ていた。

公園の入口にあった時計は、八時十五分だったはずだ。

少しばかり早く着いたとはいえ、

「八時半に集合だったよね？」

入会手続きのときにもらった手紙を、カバンの中から引っぱりだそうとしたときだ。

「あんたが一番のりだね」

しゃがれた声がかかった。

ふりむいて、ぼくは目をぱちぱちさせた。

その人は、真っ赤なティーシャツに真っ赤な短パンすがただった。それでいっしゅん、凛のすきな戦隊ヒーローを思わせたから。

「インストラクターの春田だよ。よろしくね」

ちょっぴりひくめのハスキーボイスだ。

「えっ……」

春田さんって、インターハイ三位の人だよね？

勝手に、筋肉もりもりのお兄さんを想ぞうしていた。でも目の前にいるのは、白髪のかみをさっぱりショートカットにした小がらなおばあさんだ。

こんなおばあさんに水泳が教えられるのかな？

水泳の指導者だって聞いたけど、実際に指導していたのは少し前までなのかもしれない。

ぼくのうたがわしげな視線に、春田さんの目つきが、きゅっときびしく

なった。

「なんだい、あいさつもできないのかい？」

ふまんそうにふんと鼻を鳴らす。

「えっと、よろしくおねがいします」

あわててそういったところへ、

「やっぱりまだ開いてないよねー」

のんびりした声が流れてきた。

声と同じくのんびりした動きで閉まっている建物の中をのぞいたあと、その子はようやくぼくらに気づいたみたいだ。

「あんたもすいすい川原クラブの子だね？」

「あっ、はい。足立海音です」

急に声をかけられたのに、とくに動じることもなく、海音は自己しょうかいをした。

背はぼくと同じくらいだけど、横幅は二倍はありそうだ。体が大きいせいか、年上に見えた。

「あっ」とまた海音がつぶやいた。

その視線がちょっぴりぼくからずれていたので後ろをふり返ると、ぼくより十センチくらい背の高い男の子が立っていた。

「どうも。おれ、陽太だから」

軽く手を上げてさらりという。

背も高いし、この子はきっと六年生だろう。

「ほらっ、自己しょうかいがまだなのはあんただけだよ」

春田さんが細い目でこちらを見ていた。

「あっ、えっと、桜田蓮です」

どぎまぎしてちょっとつっかえたのを、頭を下げてごまかした。

「よし、これで全員だ。あたしはインストラクターの春田だよ。春さんって
よんでもらおうか。コーチとか先生ってよばれ方はどうも苦手でね」

そういってひとつうなずくと、春さんはあらためてぼくらを見まわした。

「じゃあさっそく、今回のクラブでトライしたいことを各自いってもらうよ」

春さんと目が合うと、ぼくはまようことなくこたえた。

「平泳ぎの五十メートルで、55秒を切りたいです」

今の自己ベストが55秒だから、とりあえずそれを更新したい。

とくに表情もかえず春さんはうなずくと、「つぎ」というように海音を見る。

「ぼくは、平泳ぎが泳げるようになりたい！」

なんだか七夕のねがいごとのように、むりそうだけどおねがいしちゃえ的
ない方だった。

海音は、どう見ても運動が得意そうには見えない。

平泳ぎって、スイミングではクロールと背泳ぎのあとに習う。それだけむずかしいってことだ。だいじょうぶなのかな？

そう思ったけれど、春さんはやっぱり顔色ひとつかえずに「そうかい」とうなずいた。

みんなの視線が集まると、陽太はもごっと口を開いた。

「自由に泳ぎたい」

「自由に？」

初めて春さんが聞き返した。

それでも陽太はそれ以上説明することなく、めんどくさそうにうなずいただけだった。

なんじゃそりゃ？　ってぼくはつっこみたいくらいだったけど、春さんはもうなにも聞かなかったし、海音は「なんかかっこいいね」ととんちんかんな反応をしていた。

そこで、自動とびらのむこうがわに、あの受付のお姉さんがあらわれた。とびらのわきについた電源ボタンをおしたようで、ようやくウィーンととびらが開く。だれよりも早く、「こんにちは」と海音が声をかける。

「海音くん、抽選に当たってよかったわね」

お姉さんはにこっとほほえむと、「陽太くんも」と陽太を見た。

陽太がちょっと顔を上げて、そこで初めてまじまじと海音を見る。

そのすがたにお姉さんはいっしゅん、あれ？　って顔をしたあと、「ああ、そうか」とつぶやいた。

「海音くんは土日に通ってたし、陽太くんは平日の夜しか来ないから、ふたりは知り合いってわけじゃないのよね」

ひとりでうんうんとうなずいている。海音と陽太は、市民プールの常連らしい。お姉さんはぐるりとぼくらを見まわすと、

「みんな同じ四年生だし、よかったわね」

さいごにそういった。

えっ、みんな四年生⁉

目をぱちぱちさせるぼくにもふわっとほほえんで、建物の中へもどっていく。ただ、入口の黄色いチェーンつきのポールは、まだそこが開いていないことをしめすように置かれたままだ。

「プールは九時まで入れないから、それまでにむこうでアップをしちゃうよ。そのほうが泳ぐ時間をたくさんとれるだろ」

春さんはそういうと、建物の前に広がる広場へ移動した。

ベンチにカバンを置き、その前のしばふに立つ。

円をえがくように広場にならぶと、とつぜんラジオ体そうのメロディーが流れだした。

春さんがポケットから出したスマートフォンをそうさしたようだ。

それから、きびきびと動きだす。まるでラジオ体そうのテレビに出ている
お姉さんなみの、キレッキレの動きだ。
おばあさんと思ってあなどってたけど、春さんはふつうのおばあさんとは
ちがうみたい。
春さんはきびきびと体そうをしながら、そのとちゅうで、
「ほらっ、指先までのばす」
陽太の右手を指さした。つづけて、
「リズムからずれないよ」
海音の体そうがちょっとおくれたのを注意する。
その間も、もちろん自分がリズムからはずれることはない。ぼくは注意さ
れまいと、ひっしで指をのばし、うでを曲げ、ぐいぐい体をひねった。
おかげで、ラジオ体そうが終わった時点でまたどっとあせをかいていた。
はあ、はあ、はあ……。

となりでは海音があらい息をはきだしている。

陽太も、ひたいのあせをきゅっとぬぐう。

でも春さんは、

「じゃあ、つぎは首のストレッチだ」

相かわらずたんたんといった。

まずは首を前後に曲げる。そのあとは左右、つづいて一回転させたら、さいごにななめ後ろにたおして手でおさえる。スイミングでいつもやる動きだ。

ただそのとちゅうに、「首をやわらかくすると呼吸がスムーズになるよ」とか、「この動きで肩から肩甲骨にかけての筋肉がほぐれるんだ」なんて解説を入れてくる。

首の筋肉がやわらかいと呼吸がスムーズにできるんだな。

そうわかると、筋肉の一本一本までちゃんとのばすように意識した。

股関節、こし、ひざと進み、そのあとふくらはぎをのばして、太ももの前のストレッチになった。

左足で立って、右手で右足の甲を持ち、かかとをおしりに近づける。バランスをとるときぼくも少しふらついたけど、海音は丸い体がじゃましてよろめいて、三回もひっくり返っていた。

陽太は体がやわらかくて、片方のうでを肩から、もう片方をこしから背中へ回して両手を重ねる肩関節のストレッチも楽らくこなしていた。

いいなあ、ぼくなんて右手の指先と左手の指先がぎりぎりさわれるくらいなのに。

筋肉は、生まれつきやわらかい人もいると聞いたことがある。

体がやわらかいほうが動きが大きくなるので、背が高いことと同じく泳ぐのに有利だった。

ようやくストレッチが終わると、

「さあ、行くよ」

すたすたと春さんは建物のほうへ歩きだした。

「五分後にプールサイド集合だからね」

ふり返りもせず早口でいって、自動とびらの中へ消えていく。

長い足でずんずん歩く陽太を、ぼくは小走りで追いかけた。

「ま、待って〜」

あせをふきふき、海音が一番後ろからどたどたついてきた。


シャワーをあびてプールサイドに出た。

すきっとした空気と塩素のかおりにつつまれる。

一番乗りだ。

「まずはひとりずつ泳いでもらおうか」

これまた真っ赤な水着に身をつつみ、手にファイルを持った春さんが、さいしょにぼくを指さした。

「五十メートル、泳いでごらん」

ストレッチでしっかり筋肉をのばしたし、なんだか今日は速く泳げそうな気がする。

ぼくははり切ってプールへ入った。

もぐって壁をけり、水中で手をかくプルの動きと、足のキックをくり返す。

その間に、しっかり体をのばしてストリームラインをとった。

手足をまっすぐのばすストリームラインをとることで、水の中をすーっとすべっていける。

平泳ぎは、プルの動作もキックもふくざつだ。さらに、その両方をリズムよく組み合わせなくてはいけないので、かなりむずかしい。

ぼくも泳げるようになるのにだいぶ時間がかかった。その分、平泳ぎには思い入れがあって、すきだった。

今はもう泳げるけれど、特訓生にえらばれなかったということは、タイムがおそいってことだ。

少しでも速く！　必死に手足を動かして泳ぎおえると、

「55秒」

春さんがいった。

プールサイドには、ぼくの背たけほどの大きなタイマーが置いてあった。赤い針がゆっくり文字盤の上を一周すると六十秒だ。そのタイマーではかってくれていたらしい。

ちぇって気分と、ちょっぴりうれしい気もちが入りまじる。

正直いうと、いつでも自己ベストが出せるわけではないのだ。

プールから出ると、「なるほどね」とぶつぶついいながら、春さんはひとりでなにか考えこんでいた。

「じゃあ、自由に」

春さんがそういうと、陽太が泳ぎだした。

平泳ぎだ。

「わあ……」

思わず声がもれた。

だって、長い手足を使った平泳ぎは、大きくてゆうがだったから。

泳ぎにむだがないのがぼくにもわかる。

もしかしたら陽太は、どこかのスイミングの特訓生なのかもな。

つづいて海音が水に入った。

「あのー、クロールみたいなやつしか泳げないんですけど、いいですか?」

こまったような顔で春さんに聞く。

「ああ、なんでもいいよ」

そういわれると安心したのか、一度もぐって壁をけった。

バシャバシャと、バタ足から盛大な水しぶきがあがる。

下手なバタ足のとくちょうだ。

両手はまっすぐ前へのばして、動かそうとしない。で、とつぜんばっと手で水をおして顔をあげると息をついだ。直後、反動でどっと体が水にしずむ。下半身はバタ足をくり返しているけど、上半身はクロールの動きじゃない。

それで、クロールみたいなやつってわけか。

ただその泳ぎも、プールの真ん中あたりで終了した。

水から顔を出した海音が、へへっと頭をかいている。

「なるほどね」

春さんははげますでもほめるでもなく、今までと同じようにうなずいた。

海音がプールサイドへ上がると、春さんはいった。

「自分のトライを成功させるにはどうしたらいいか。それぞれの考えを聞こうかね」

えっ……。

ぼくはぽかんと口を開けた。

こういう練習をするといいですよって、春さんが教えてくれるんじゃないのかな?

海音もきょとんとしている。

陽太は相かわらず無表情なので、なにを考えているのかわからなかった。

春さんの質問にだれもこたえない。沈黙だけが流れていく。

「……練習する」

なんとかぼくがそういうと、春さんはまた質問を返してきた。

「なにを練習するんだい?」

「えっ、平泳ぎを……」

「ほほお。平泳ぎのなにを練習するんだい?」

「平泳ぎのなにをって……」

頭をフル回転させるけど、つぎのこたえが出てこない。

あわてるぼくのとなりで海音も頭をかかえているし、陽太だってやっぱり口を開かなかった。

春さんはふうっと長い息をはきだしたあと、そんなぼくらをまっすぐに見つめて話しだした。

「今回のクラブのテーマを『トライ』にしたのは、上達する上でそれが一番大事だと思っているからだよ。けど、トライっていってもただやみくもにちょうせんすればいいってわけじゃない。自ら考えて取りくむんだ」

トライするのに水泳のレベルは関係ない。それで今回のクラブは、泳ぎのレベルを問わないことにしたといった。

自ら考えて取りくむ、かあ。

「で、蓮はどんな練習をしたい？」

春さんがもう一度聞いてきた。

「えっと……」

平泳ぎを速く泳げるようになるには、どうしたらいいんだろう？

キック力をきたえる？　それとも、プルの動作を改善する？
三分以上考えこんで、
「一番かんたんな練習からやりたいです」
ようやくそういった。ひとつずつの動きをもう一度おさらいしていけば、
自分のだめなところに気づけるかもしれない。
どうにかやっとそういう結論にたどり着いた。
するとずっとだまっていた陽太も、
「じゃあおれも、平泳ぎの基そから」
ぼそっとつぶやいた。
つづけて海音が「平泳ぎのキックのやり方を教えてください」というと、
春さんはうんうんとうなずいて、ファイルにはさんでいた紙にすごい速さで
ペンを走らせだした。それが書きあがると、
「蓮と陽太はこのメニュー。ひとつのメニュー二十五メートルを四本で、ひ

とつ終わるたびに三分休けい。全部やりおえたらさいごにもう一度泳いでもらうよ」

てきぱきといった。

さしだされた紙をのぞくと、練習メニューが書かれていた。

一、　上むきキック
二、　歩きながらのプル動作
三、　ビート板で面かぶりキック（2キック1呼吸）
四、　ビート板で面かぶりキック（1キック1呼吸）
五、　けのびキック（2キック1呼吸）
六、　けのびキック（1キック1呼吸）

「どうだい？　わからないのはあるかい？」

ぼくはすぐに首をふった。

顔を水につけたまま泳ぐ面かぶりキックや、水面の近くで体をまっすぐのばして進むけのびキックは、スイミングでも基そ練習としてよく取りくんでいた。

「陽太が先だ。あんたがペースを作ってやりな」

そういわれて、陽太はさっそく六コースを泳ぎはじめた。

陽太も練習メニューについていてしつもんしなかった。

まあ、あれだけ泳げるんだもん、スイミングへ通ってるに決まってるよね。

ぼくは勝手になっとくした。

海音は、春さんとふたりでシャワー室のほうへ行ってしまった。

一メニュー終わって海音の様子をうかがうと、シャワー室の壁に手をかけてかた足立ちになり、平泳ぎのキックの練習をしていた。

そういえばぼくも、さいしょにああいうのやったよな。

今度は空いている一コースのプールサイドへ移動して、足だけ水に入れてバシャバシャやりだした。となりのコースをウォーキングしていたおじいさんがなにか声をかけ、海音はわらっている。

あんなにのんびりやってて、泳げるようになるのかな？

ぼんやり見ていると、春さんが急にこちらをふりむいた。

ぼくと陽太の練習も、ちゃんと気にかけているみたいだ。

あわてて自分のコースへ視線をもどすと、

「つぎのメニューいくから」

いつの間にか陽太はプールに入っていて、さっさと泳ぎだしてしまう。

ぼくもあわててプールへとびこんだ。

そうして全部のメニューが終わるころ、春さんは六コースへもどってきた。

海音はすでにばてたようで、プールサイドにひっくり返っている。

ぼくと陽太は、さっきと同じように五十メートルずつ平泳ぎをした。

さいしょに陽太が泳いだときはなにもいわなかったのに、ぼくが泳ぎおわると、春さんは口を開いた。

「呼吸がねえ……」

「呼吸ですか？」

思わず聞き返す。

プルやキックの動きはむずかしいので注意されるかもって思ってたけど、呼吸は問題ないはずなのに。

「息のはき方がうまくなると、平泳ぎの上下動も楽にできるんだよ」

そういうと、アウトスカル（手を開く）のときは水中へ息を少しずつはき、インスカル（手を閉じる）にうつるタイミングで顔を上げるとき、肺にのこっていた空気を一気にはきだすようにいわれた。

そんなこと、もちろんわかっていた。

スイミングでもそう習ったし、そもそもそうやっているつもりだった。

ぽりぽり首をかくと、

「メリハリが大事なんだ。人の肺の大きさは決まってるんで、息をはききらないと新しい空気はすえないからね」

念をおすように春さんはいった。

それから急に、なにかもらうときみたいにぼくの目の前へ両手をさしだした。

「ここに誕生日ケーキがあるとしよう。ロウソクが十本ささってて、どれもほのおがともってる」

春さんがすらすらとしゃべりだす。

「えっ?」

「えっ、じゃないよ。イメージするんだよ、イメージ。今から、そのロウソクのほのおを一息で消してごらん」

さあ、とでもいいたげな目で見つめられて、しかたなくぼくは春さんの両手へ「ふっ」と息をふきかけた。

「それじゃ一本がせいぜいだね」

春さんがあきれ顔で首をふる。

それで今度は、もう少し強く「ふーっ」と息をふきかけた。

「うーん、五本ってとこかな」

なにをー！

「ぶふーっ」

つばもいっしょにとばすくらいのいきおいで息をはきだしたら、

「それで、ロウソクは何本消えたんだい？」

春さんに聞かれた。

「十本です」

速攻でこたえた。この前、十歳の誕生日に、たしかにぼくはこれくらい強い息でロウソクを十本まとめてふき消したんだ。

春さんはふんふんとうなずいている。

……ああ、そっか。いつもロウソクを十本まとめてふき消すつもりで息をはきだせばよかったんだな。

そう思って、ふと考えた。

呼吸のやり方はスイミングで習ってわかっているつもりだったけど、本当はわかった気になっていただけなのかな。

そもそもぼくは、自分の泳ぎについてちゃんと考えたことなかったのかも。

もう一度、いきおいよくふっと息をはきだしてみる。

呼吸はメリハリ、か。

よしっ、今夜からおふろに入ったら練習しよっと。

4 陽太のなぞ

「いててて……」

ラジオ体そうが始まったとたん、となりから悲痛な声が聞こえてきた。

きびきびと体そうする春さんの動きとは、にてもにつかないぎくしゃくしたロボットみたいな動きで、海音が体そうをしている。

うでを上げるときも、足をのばすときも、海音はいちいち「いてっ」とつぶやく。もしかして、

「筋肉痛？」

ちらっと視線を送ると、へへっとはずかしそうに頭をかいている。

泳ぐって全身を使うし、かなりハードだ。

あれくらいで筋肉痛になってて、平泳ぎが泳げるようになるのかな？

今日は二日目だから、みんな練習の流れがわかっているので海音以外の動きはすばやく、プールへ移動するとすぐに練習に取りかかった。

練習メニューをこなす間、ぼくはひたすら呼吸のしかたを意識した。

水中に顔を入れている間はゆっくりふーっと鼻と口の両方から息をはき、息つぎのタイミングでぱっと口から空気をはき切る。

ケーキにささった十本のロウソクのほのおを一息でふき消すように。

肺が空っぽになると、新しい酸素がたっぷり体へ入ってくるようだ。

そのせいか、いつもより体がよく動いた。

「蓮、その調子だよ」

練習のとちゅうで休けいしていると、春さんがよってきて、ぼくにむかってうなずいた。

「はい」

この調子でやれば速くなるかも。

うれしくて勝手にほほがたれてくる。

うかつにも、それを陽太に見られてしまった。

気はずかしさをごまかしたくて、ぼくはあわてて話しかけた。

「陽太って泳ぐのうまいよね。どこのスイミングに通ってるの？」

するとなぜか、陽太はぎゅっとみけんにしわをよせた。

「スイミングなんか行ってない」

「えっ、うそっ、だって……」

あんなにうまいのに？

ぼくのつぶやきをむしして水にとびこむと、そのまま練習のつづきを始めてしまう。遠ざかっていく陽太の背中にむかって、

「へんなやつ……」

ぼくはぼそっとつぶやいた。

水曜日の夕方、ぼくはいつものようにスイミングへ来た。
スイミングでもさいごに一本、すきな泳ぎをコーチがチェックしてくれる。
ぼくはもちろん平泳ぎだ。
ケーキの上のロウソクを十本まとめてふき消すぞ。
水面から顔を上げるたび、目の前にケーキとロウソクをイメージした。
壁にタッチして、水面から顔を上げると、
「なんだか体のキレが出てきたんじゃないか!?」
コーチがぐいっと手をつきだしてきた。
「ナイス」って声に合わせて、その手をぱんっとたたき返す。
呼吸のメリハリ効果、あるみたい。
春さんってやっぱりすごい人なのかも。

練習を終えて更衣室を出たところで、後ろからコーチによび止められた。

「ＴＳＳ杯って知ってるか？」

いきなりそう聞かれた。

ちょっと考えて、「ああ」と思い出した。

ぼくの通う宝田スイミングスクール（ＴＳＳ）は、日本中にある。その各県のスクールから代表者を集めて開かれるのがＴＳＳ杯だ。

スイミングの入口に、ＴＳＳ杯で入賞した子の写真がはりだされているのを見たことがあった。

うなずいたぼくに満足そうにうなずき返すと、コーチはつづけた。

「その県予選が八月二十日にあるんだ」

県内に九つあるスクールから選手を集めておこなわれ、各種目で二位以内に入るとＴＳＳ杯の本選に出場できるという。特訓生も出るらしい。

「平泳ぎの五十メートルで本選にのこるなら、50秒台は出したいな」

コーチはそういうと、

「でも、この調子でがんばれば可能性はあると思うぞ」

とんっとぼくの背中をたたいた。それからつづけた。

「本選にのこれば特訓生専属のコーチも見にくるから、なかには特訓生にすいせんされる子もいるんだ」

「えっ⁉」

特訓生という言葉に、むねがトクンとはねた。

そのとき、視界のはしでなにかが動いた。

黒ぼうしをかぶった特訓生の子たちが、わらわらとプールへ歩いていくところだった。その子たちとぼくを、やっぱりガラスの壁がへだてている。

だけどもし、ぼくがTSS杯に出られたら……。

あの壁をすりぬけられるかも。

壁のむこうがわへ行った自分を想像すると、ぐっと背筋がのびてくる気がした。

「どうだ。出てみないか?」

「出ます」

返事に力が入りすぎて、思わずキンと高い声が出た。

目標は五十メートルで50秒台を出すこと。

さらに高い目標をかかげたことで、練習にますます気合いが入った。

ただ、一秒、二秒だってタイムをけずるのはむずかしい。それをいきなり五秒っていうんだから、かんたんにはいかない。

だけど県予選の八月二十日は待ってくれない。すいすい川原クラブの練習も、今までよりもっと丁ねいに取りくんだ。

海音とマンツーマンで平泳ぎのキック練習をしていた春さんが、今日はとちゅうからぼくらのほうへやってきた。

海音はプールサイドに立ち、ガラスにうつる自分を見ながらプルの動作の練習をしている。

陽太は今日も、ゆうがにすいすいと前を行く。

その泳ぎはたしかにきれいなんだけど……。

ぼくはあることに気がついた。

陽太は泳ぎおわったあと、ぜんぜん息があがっていないのだ。

それって、ただ流すように泳いでいるだけで、本気で泳いでないってことだよね？

今も、肩で息をすることなく、プールサイドへ上がっていく。

そんな陽太の背中を、春さんがちらりと見ていた。でもすぐに、泳ぎおえたぼくのほうへむき直ると、いった。

「蓮は、息つぎのタイミングでスピードが落ちてる。呼吸をする一番いいタイミングがいつだかわかるかい？」

「えっ？」とプールサイドに立つ春さんをふりあおいだけれど、春さんはだまっている。

自分で考えろってことらしい。

えっと、えっと……。

頭をひねってみるものの、ぜんぜんこたえは出てこない。

それでもなんとか質問にこたえようとうなるぼくの目の前へ、春さんがドボンととびこんだ。

それから、ゆっくりと平泳ぎのプルの動きを始める。

顔を上げるたび、ぱっと息をはき切り、また顔をしずめ、また顔を上げて呼吸して……。

十メートルほど泳ぐと、こちらをふりむいた。

「呼吸する一番いいタイミングは、いつだかわかるかい？」

さっきと同じことを聞いてくる。

ぼくは今見ていた光景を頭の中でまきもどしながら、ゆっくりとこたえた。

「えっと……、顔を上げたとき？」

「ああ、もちろんそうだけど、体が……」

春さんはそこで言葉を切った。体が……、

「体が一番持ち上がってるとき、かな」

そのときにぱっと息をはきだしていたはずだ。

「そう、その通り。体が一番高い位置にあるときに合わせて呼吸するんだ。

そうすると体と周囲の波との波動がマッチして、進む力が大きくなる」

春さんはそういうと、急にぜんぜんべつのことを聞いてきた。

「パン食い競争って知ってるかい？」

「えっ、はい」

ようち園の運動会でやったことがある。

ひもつきのせんたくばさみでパンをつるしたぼうを、高くかかげておく。

走ってきた人は、ぼうからぶら下がるパンを口だけを使ってとる。

そんなこと聞いてどうするんだろう？

首をかしげるぼくに、春さんは満足そうにうなずいた。

「パンを取りたければ、背のびしてぐっと体を持ち上げたところで口を開くだろ？　あの感覚だよ。体が一番高い位置に来たところで、口を開けて息をはきだすんだ」

たしかにパンを取るときは、思いっきり背をのびして大きな口を開けるよな。

なんとなく頭の中に動きのイメージがわいた。

よーしっ。ぼくはしずかに泳ぎだした。

インスカル（手を閉じる）から、ふたたび水をかくためにうでを前へもどすリカバリーへ移行するしゅんかん、体が一番高い位置にくる。そこで思いっきりぱっと息をはき切る。

すると水の中をすべる体のスピードが、ぐっと上がった気がした。

ぼくだって、うまくなってやる！

今日、凜は午後から記録会へ出かけることになっている。

そこでいいタイムが出ると、つぎの大会に出場できるらしい。

せっせと泳いでいると、あっという間に二十五メートル泳ぎきってしまった。いつの間にか、あいていたとなりのコースを陽太が泳いでいた。

よく見ると、陽太はちゃんと、体が一番高い位置に来たしゅんかんに息をはきだしている。
あんなふうに泳げるようになるまで、一生懸命練習したのだろう。
なのに……。
スイミングのことを聞いたとき、陽太はなんであんないやそうな顔をしたのかな?
スイミングなんか行ってない。
はき捨てるような陽太のいい方が、今さらちょっと気になった。

5 罪ほろぼし

「にいに、アイス買ってきたよ～」

玄関から凜のはずんだ声がひびいてくる。

「蓮、ただいま～」

母さんの声まで、なんだかちょっとうかれているみたい。

ドキリとしたのと同時に、むねの奥で黒いもやがざわわっとゆれた。

凜、きっといいタイムが出たんだ。

その日の夕方、きげんよく記録会から帰ってきた凜は、

「ほら見てー、チョコのソフトクリームのやつにしたんだ」

リビングへ入るなり、ビニール袋からソフトクリーム形のアイスを取りだした。

コンビニ限定のちょっぴり高いやつだ。だから特別なときにしか買ってもらえない。

「ぼくね、今度の大会に出るんだよ」

アイスを持っていないほうの手で作ったピースサインを、ずいっとこちらへつきだしてくる。

むねのもやもやがざわつき、「そっか」って返事はかすれてしまった。

「がんばったのよね」

母さんが、凛へにこっとわらいかける。

その顔のまま、今度はこちらをふりむいた。

「蓮の分もあるのよ。アイス、どう？」

「……いい」

ふるりと首をふった。

「あらっ、どうして？　チョコのソフトクリーム、蓮もすきじゃない」

母さんがおどろいたように聞いてくる。

それでもぼくは、「いい」ともう一度首をふった。

なんだか、のんきにアイスを食べる気分にはなれなかったから。


「あれー、きつくなっちゃった？」

凛はさっきからゴーグルのゴムをいじっている。

頭につけたときにきついので、ゴムをゆるめたいらしい。だけど逆方向にゴムを引っぱってしまい、ますますきつくなったみたいだ。

日曜日の朝、凛はスイミングの朝練習へ出かけるじゅんびをしていて、ゴーグルがきついのを思い出したようだ。

「ねえねえ」って母さんのほうへよって行ったけど、せんたく物を干すのにいそがしい母さんに相手をするよゆうはない。

「なんかさっきよりきつくなっちゃったー」

凛がぐずぐずさけぶと、

「じゃあ、にいにに見てもらってくれない？」

せんたく物を干す手を止めずに母さんはいった。

凛がくるりとこちらをふり返る。

「にいにー、これ……」といいかけた凛へ、

「あっ、もうすいすい川原クラブへ行かなきゃ。おくれちゃう！」

そうかぶせると、ぼくはさっと背中をむけた。

すいすい川原クラブの練習で、今日は海音より先にぼくらを見てくれると、春さんがいった。

「じゃあ、蓮から泳いでごらん」といわれて、ぼくは気合いを入れて泳ぎだした。

呼吸のタイミングはつかめた気がするし、泳ぎもよくなったはずだ。

なのに、

「呼吸のとき、今度はあごを上げすぎてるね」

春さんは顔をゆがめた。

「えっ……、呼吸はかんぺきだと思ったのに」

思わず本音がこぼれると、

「そんなもんだよ。どこか直すと、どこかがみだれる。それをちょっとずつちょっとずつ修正していい形にもっていくんだ」

春さんはあわてることなくそういって、空中でプルの動作をしてみせた。

そのとちゅう、顔を上げるタイミングで動きを止める。

「顔を上げるときももどすときも、泳いでいる間は、目線を大きく上下に移動させたりあごを動かしたりしないよ。目線を一定にたもってみな」

「そうやってるつもりだけど……」

そのことも、ぼくはスイミングで習って知っていた。

すると、「そりゃそうだろう」と春さんはうなずいてつづけた。

「泳いでいるうちに自分のくせが出てくるもんなんだ。だからこそ、いいくせをつけるんだよ。

そうさねえ。むこうのプールサイドに山の斜面があるとしよう。で、ちょうど蓮の顔と水平の高さのところに高級きのこのマツタケが生えてる。めったにおがめないような、肉厚のマツタケだ。ただ、目線をずらしてしまうと、マツタケはすぐまわりの雑草にまぎれちまうからね。さあ、マツタケを見うしなわずに泳いでごらん」

マツタケかあ。

実をいうと、ぼくはまだ一度しかマツタケを食べたことがなかった。いただきものの高級弁当に入っていた、うすくて小さいやつ一切れだけだ。

あんまりちょっとだったから、おいしいのかよくわからなかった。

それでいつか、まるごと一本食べてみたいと思っていた。

プールのむこうサイドにマツタケが生えているところをイメージする。

するとなんとなく、そこだけ光っているような気がした。

真新しいくつで学校へ行くと、下駄箱にたくさんくつがならんでいても、自分のだけにゅっとうきでて見える。それとにた感じだ。

一度その感覚をつかむと、ふしぎと目線はぶれなかった。

そうして泳いでみたら、ときどきプールサイドに置かれたタイマーをちらっと見ていたり、顔を水へもどすときに早くもどしたほうがいい気がして、あごを引いてしまっていたことに気がついた。

いつの間にか、よくないくせがついていたんだな。

目線を一定にたもちながら五十メートル泳ぎおえ、水から顔を出した。

「53秒」

大きなタイマーからこちらへ視線をうつすと、春さんがいった。

「えっ、53秒⁉」

うそっ……。二秒も更新したってことだよね？　ふわふわした雲の上でも歩いているような気分で、ぼくはプールサイドへ上がった。

そのあと、今度は陽太がプールへ入った。
陽太が泳ぎだしても、ぼくはまだぼんやりとしんじられない気分でいた。
思わずほほをつねると、「すごく速かったね」って海音が声をかけてきた。
さっきの泳ぎを見ていたらしい。それから、
「ぼくなんか、水の中でぶくぶく息をはくと、とちゅうでつい水を飲んじゃってさー」
ちょっぴりはずかしそうに肩をよせた。
そういえば凛も、スイミングへ通いはじめたころはよくプールの水を飲んでたっけ。
それでおふろに入ったときに、息をはきだす練習をいっしょにやったよな。
どっちのほうが長く息をはけるか競争したこともあった。
なつかしい記おくがふっと頭をよぎる。
と同時に、今朝の凛のゴーグルのことを思い出して、ちくっとむねがいた

んだ。

「あのさ、おふろに入ったときに練習するといいよ。ぶくぶくって、口と鼻から細く息をはくんだ」

ぼくは思わずいっていた。

凛への罪ほろぼしになるかはわからないけど。

「へえ、そうなんだ。今日からやってみるよ」

海音はすなおにいってほほえんだ。


「これは期待できるかもしれないぞ」

スイミングの練習を終えたところで、コーチが声をかけてきた。

「泳ぐときに頭をふるなって、前から注意してたけど、それも急によくなったし」

コーチはにこにこうれしそうだ。

そういえばそんな注意を受けたことが何度かあったっけ。

頭なんかふってないのにって思ってたけど、そっか、それってマツタケを見ようしなわずに泳げってことだったのか。

スイミングで習ってきたことと春さんが教えてくれることは、たぶん同じなんだ。

ぼくはやっぱり、スイミングで教わったことの意味をちゃんと理解できていなかったんだな。

それはきっと、ただコーチにいわれた通りに泳ぐだけで、どうしてその練習をするのか、どうすればもっとうまくなるのか、なんてこと考えてなかったからだよね。

自主練習のときもなんとなく泳いでたもんな。

「県予選まであと一か月半あるし、TSS杯に出られるようにがんばれよ」

コーチがばしんと背中をたたいてくる。

明日から夏休みだから、たくさん練習ができる。

今の自分なら、前よりいい練習ができる気がする。

「はい。がんばります！」

ぼくは声に力をこめた。

6 らっこ浮き

「わあ、もうならんでる人がいる」

すいすい川原クラブの練習に来ると、いつもと公園の様子がちがっていた。ふだん九時前には人もまばらでしずかなのに、今日は屋外プールの入口にすでに人の列ができている。

セミの鳴く声にまじって、そちらから楽しそうな声が流れてくる。

「夏休みに入ると、急ににぎやかになるのよね」

いつの間にか建物から出てきていた受付のお姉さんが、入口のわきにある掲示板へ大きなポスターをはりながらいった。

「川原運動公園フェスティバル？」

ポスターに書かれたカラフルな文字を読むと、

「八月二十一日の日曜日にお祭りをするの。っていっても、スポーツのお祭りだけどね」

ぱちんとひとつウインクをしてからつづけた。

「テニスコートで親子ダブルスの試合でしょ、広場ではダンスの発表会もあるのよ」

ほかにも、体育館でバスケットボール体験をしたり、プールで水球のデモンストレーションを見たりもできるという。

「へえ、おもしろそう」

いつの間にか海音もポスターをのぞいていた。

その後ろに立つ陽太まで、ちらちらとポスターを気にしている。

その様子に「でしょ」と気をよくしたお姉さんは、「そうだ」と手をたたいた。

「だれでも百メートルリレーっていうのがあるんだけど、みんなも出てみない？　フェスティバルの日はすいすい川原クラブの最終日だし、きねんにどう？」

「だれでも、百メートル？　えっ、けどぼく、百メートルはちょっと……」

顔の前で手をふりながら海音があとずさる。

するとお姉さんも、「ちがうちがう」と首をふった。

「ひとり二十五メートルずつ泳いで、みんなで百メートルってことよ」

四人一組のチームにつき、大人がひとり必要だけど、それも心配ないとうなずく。

大人？　きょろりとまわりをうかがう。

「一、二、三……」

人数を数えていた海音の指が、「四」のところで一番後ろに立つ春さんを指さした。

ああ、春さんも入れて四人ってことか。

でも、

「ぼくはいいです」

すぐにいった。

ＴＳＳ杯の県予選の日まで、ほかのことを考えるよゆうなんてないもの。

ぼくの声と重なるように「おれもパス」と陽太が手を上げ、

「あの、ぼくも、ちょっとまだ……」

海音も首をすくめた。海音はまだ、二十五メートル泳ぎきる自信がないようだ。いつもばらばらなぼくらなのに、ことわるタイミングだけはぴったりだった。

「あらっ、そう？　ざんねんだわ」

お姉さんは肩をすくめると、「でも申しこみは当日でも間に合うから」といいのこして建物の中へ入っていった。

春さんはぼくらを見てちょっとまゆをよせたけれど、フェスティバルのことにはふれず、「じゃあ、広場へ行くよ」といつものようにいった。

「ちょうど五コースもあいてるし、ふたりでいっぺんに泳いでラストにしたらどうだい？」

練習のさいごに、ぼくと陽太を見て春さんがいった。

つづけて海音には、一コースでけのびキックの練習をして終わろうと声をかけ、いっしょにそちらへ行ってしまう。

すいすい川原クラブに通いだして、泳ぎもかわってきている。

その成果をためすチャンスかも。

「やろうよ」

ぼくがいうと、ちょっとめんどうくさそうな顔をしたけれど、「べつにいいけど」と陽太はうなずいた。

六コースにぼく、五コースに陽太が入り、よーいどん、でタイミングを合わせてスタートを切った。

青くゆれる波間のむこうに陽太の気配を感じる。

だけどそれを気にしたのはさいしょだけで、少しでも速く泳がなきゃと、あとは必死になった。

五十メートル泳ぎおえて水から顔を出すと、すでに陽太はゴールしていた。

はあはあと肩で息をするぼくとは対照的に、すずしい顔で呼吸をあらげる様子はない。やっぱり本気で泳いでないんだ。

さすがにむっとした。だってぼくは本気で泳いで負けたんだもの。

「なんで本気で泳がないの？」

聞くというよりせめるみたいないい方になった。

「えっ」

こっちをふりむいた陽太は、ぼくのまっすぐな視線から、さっと目をそらせた。

「そんなことない」

いつになく強い口調でいったけど、その声は半分ひっくり返っている。

やっぱり陽太は、あえて本気を出してないいんだ。

どうしてだろう？　ぼくにはさっぱりわからなかった。

陽太がプールサイドへ上がると、こちらへもどってきた春さんが声をかけた。ただ、まだプールの中にいたぼくには、ふたりの会話は聞こえなかった。

ぼくもプールサイドへ上がったら、「さっきの泳ぎ、見せてもらったけど」と前おきしたあと、

「気になることがあるんだ。ちょっとそこにすわって、あたしのまねをしてごらん」

春さんは両足を前へのばしてすわった。

ぼくも同じようにすわり、春さんをまねて、両方の足首をむねのほうへ反らせた。

「やっぱり」

と春さんがうなずく。

「蓮は足首がかたいね。平泳ぎのキックの九割は足首のやわらかさで決まる。やわらかければ得になる」

　そういわれてみると、春さんの足首はすねのほうへきゅっと反っていた。それに対してぼくの足首は、がんばってもかかとの上あたりまでしか反り返らない。

　体がやわらかいほうじゃないとは思っていたけれど、ちがいはあきらかだ。

「じゃあぼくは、平泳ぎはだめですか?」

　顔をつきだしてあわてて聞くと、春さんはゆっくり首をふった。

「生まれもった足首のやわらかさと、実際キックをするときに使える足首のやわらかさはちがうからね」

　そういって、足首をやわらかくするストレッチを教えてくれた。すわって両足をのばしたじょうたいで、足首を外、内、外、内と動かすものだ。

「そうだねえ、目指すはマシュマロだよ」

春さんがいった。

「マシュマロってやわらかいけど、実はぎゅっとつまったようなしっかりした弾力があるだろ。そんな足首が理想かな」

「マシュマロか……」

やわらかく弾力のある足首なら、しなやかで強いキックができそうだ。

「ぜったい毎日ストレッチします」

ちかうようにぼくは宣言した。

「日常的に習かんにしてやるといいよ。水泳選手はみんな、びっくりするぐらい足首がやわらかいんだよ」

春さんは、どこかなつかしそうに目を細めている。

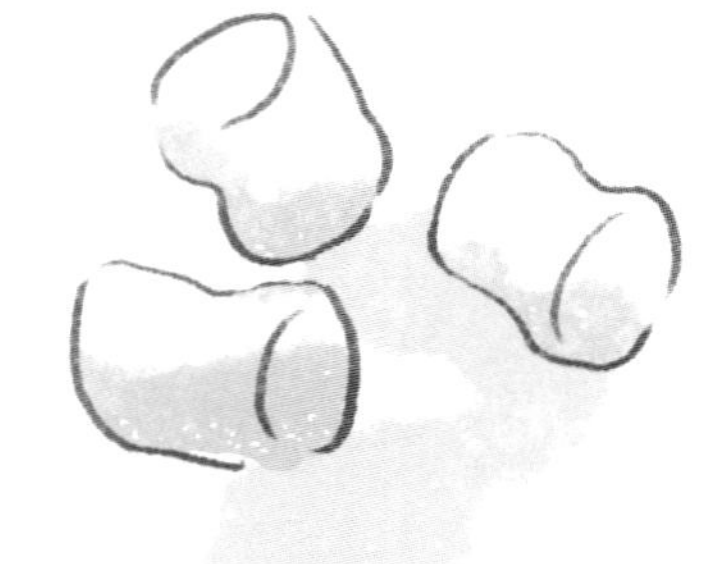

ああ、きっと春さんは実際に、足首のやわらかい選手をたくさん見てきたんだろうな。

更衣室で着がえていると、ぽんと肩をたたかれた。

「あのさ、この前教えてくれた呼吸の練習、あれのおかげで今日は水を飲まないで泳げたんだ」

海音がにこっとほほえむ。

「教えてくれてありがとう」

「あっ、いや、べつに……」

あれは、ただの罪ほろぼしのつもりだったのに……。

気はずかしいような、申しわけないような気もちで、ぼくは体の前で手をふった。

「来週の土日の練習は休みだからね」

日曜日のすいすい川原クラブの練習が終わると、春さんがいった。

さいしょにもらったスケジュールでも、来週末の練習は休みになっていた。

「市民プールでなにかあるんですか？」

海音が聞くと、

「四国でね、マスターズの大会があるんだよ。それにちょっとよばれてね」

春さんはちょっぴり早口でいったあと、

「でも、いつもの時間に六コースは空いてると思うから、やりたければ自主練習することもできるよ」

とつけくわえ、「解散」と背中をむけた。


つぎの土曜日、いつもの時間に市民プールへ行くと、「あらあら、みんな熱心ね」って、受付のお姉さんに感心された。

なんと、海音と陽太も練習に来ていたのだ。

朝一番のプールはすいていたので、ぼくらはべつべつのコースを使って各自泳いだ。

ちらっと見たら、海音はビート板を手に、平泳ぎのキックだけでのんびりと泳いでいた。キックの動きはスムーズで、だいぶさまになっている。

ぼくだって、53秒を切れるようにがんばらなきゃ。

がんばって練習をしているものの、いまだに53秒は切れていない。

うっかりすると55秒を上回ることさえある。

春さんに教わったことはもちろん気をつけているし、足首のストレッチだってひまさえあればやっている。だけど結果がついてこない。

そんな風にぼくはちっともぱっとしないのに、特訓生になった凜は着実にタイムをあげているらしい。来週の土曜日に開かれる大会に「早く出たいな」と鼻歌交じりにいっていた。

むねの奥で黒いもやもやがゆらぐ。

はあ、はあ、はあ……。

何本も連続で泳ぎまくったせいで、もう体が重くてうでも上がらない。

だけど、もっと泳がなきゃ。

懸命に泳ぐぼくを、すーっと陽太がぬいていく。

このままじゃ50秒台なんて夢のまた夢だ。

指先でプールの壁をとらえると、泳ぐのをやめた。

ぼくより先に泳ぎおえた陽太が、ちょうどプールサイドへ上がろうとしている。その背中へ、思い切って声をかけた。

「どうしたら、そんなふうに泳げるようになるの？」

「えっ？」

「どんな練習をしたの？」

少しでもヒントがほしい。わらにもすがる思いで言葉を重ねる。

「なんでもやるから教えてくれない？」

必死な形相をしていたのだろう。

陽太はちょっとびっくりしたように目を見開いた。

だけどまじめな顔になって少し考えて、それからぼそっといった。

「らっこ浮き、かな」

「は？　らっこ浮き？」

それって水に背をつけて天井を見上げて浮くやつだよね？

もしかしてふざけてる？

思わず強い声がでた。

「まじめに聞いてるんだけど。そんなんで速く泳げるようになるわけないじゃん」

「けど、むりすればいいってもんじゃないと思うぜ」

のらりくらりとかわすような返事に、どうしても声がとがってしまう。
「むりしなきゃだめに決まってるじゃん」
今のままじゃ、いつまでたっても50秒台にたどり着けないもの。
だけど陽太はこりっと頭をかいただけで、くるりと背中をむけてしまった。
陽太はふざけているようには見えなかった。
でも、らっこ浮きをやったからって、速く泳げるようになるはずないよ。
ぼくはふんっと鼻息をとばした。

7 春(はる)さんのふしぎ

「優勝(ゆうしょう)してこいよ」

ばんっと父さんが凛(りん)の背中(せなか)をたたく。

「いたーい」

とはしゃいだ声をあげたあと、凛(りん)はけらけら楽しそうにわらっている。

土曜日の朝、まだ六時だというのにリビングはにぎやかだ。

凛(りん)はこれから水泳(すいえい)大会へ出かける。

母さんはいそがしそうにお弁当(べんとう)を作っているので、代(か)わりに父さんが凛(りん)の荷物(にもつ)をかくにんしているところだ。

「優勝(ゆうしょう)したら金メダルもらえるかな?」

凛(りん)がうっとりと目を細める。

「もらえるさ。そしたらこうやって、がりってかむポーズで写真とろうな」

父さんがおだてると、凛はすっかりその気になって大きく口を開けてポーズをきめた。

「あらあら、ずいぶん気が早いわね」

母さんもなんだか楽しそう。

……今までは、水泳のことならぼくのほうがほめられてたのに。

ぐっとくちびるをかんだ。

このままぼくだけ記録がのびなかったらどうしよう……。

むねは黒いもやもやでいっぱいで、なんだか息まで苦しい。

ああ、凛の大会、うまくいかないといいな。

朝ごはんがすむと母さんと凛は大会へ出かけ、父さんもすぐに仕事へ行くといった。

重苦しい気もちをかかえたままひとり取りのこされるのがいやで、ぼくも大あわてですいすい川原クラブへ行くしたくをすると、父さんといっしょに家を出た。

気分が重いせいか、自転車のペダルをこぐ足も重かった。

それでもだいぶ早い時間に家を出たので、八時前に川原運動公園に着いてしまった。

練習まで、たっぷり三十分以上ある。ぼくは、運動公園のまわりをぐるっとまわるランニングコースを走って待つことにした。

セミの鳴き声が、あっちからもこっちからもひびいてくる。

セミの合唱の中を走りだしてすぐ、少し前を赤いティーシャツに赤い短パンすがたの人が走っているのに気がついた。

春さんかな？

たしかめようとぐっと足を速める。でもきょりはなかなかちぢまらない。

ひたいからあせが流れてくる。

あせをぬぐいつつコースのカーブのところで目をこらすと、それはたしかに春さんだった。

おばあさんとは思えない速さだ。

さすが、マスターズの大会に出てるだけのことはあるよな。

ぼくはほおっと息をはいた。

春さんのいっていた、マスターズの大会というのがどんなものなのか気になって、家のパソコンで調べてみた。そしたら、大人の水泳大会だとわかった。

つまり、春さんは現役のスイマーなのだ。

ついでにぼくは、春さんのこともけんさくしてみた。だけど水泳選手として活やくした記録は出てこなかった。

高校生のときにインターハイで三位になったあと、けっきょく有名な選手にはなれずに引退したのだろう。

それって、ざせつしたってことだよね。

なのに、どうしてまた泳ぐ気になったんだろう?

ぼくなら、そんなざせつをしたらもうスイマーとして泳ぐ気もちにはなれないと思う。だれかに水泳を教えることはあっても、また自分が大会に出たいとは思わないはずだ。

ぱたぱたとはためく赤いティーシャツを見つめて、ぼくはきゅっと首をひねった。

けっきょく春さんに追いつくことなく、八時半になるとぼくは集合場所へむかった。

ストレッチのあと、いつものようにプールへ行くと、海音と春さんは壁のほうへ移動してキックのかくにんを始めた。

するとそこで、めずらしく陽太が声をかけてきた。

「らっこ浮(う)き、競争(きょうそう)しようぜ」

「えっ？」

「どっちが長くできるか」

まだそんなこといってるんだ……。

ぼくは正直あきれた。

陽太(ようた)かららっこ浮(う)きのことを教わったあとも、そんなことためしてもいなかった。だけど、

「おれに負(ま)けるのがこわいわけ？」

そういわれたら、「やるよ」といい返(かえ)してしまった。

少しはなれた場所(ばしょ)で、おたがいにプールの天井(てんじょう)を見上げる。

力をぬくと、勝手(かって)にぷかっと体が水面(すいめん)に浮(う)く。

ぼんやりと天井(てんじょう)を見る。

天井には、銀色のぼうが格子状に組まれていた。

こんな風になってたんだ。へえっと息をはきだすと、またふっと体が軽くなる。なんだかそのまま空まで浮かんでいけそうな気がした。

「そこのふたり、なにやってるんだい」

急にしゃがれた声がふってきた。

いつの間にか春さんと海音がこちらへもどって来ていた。

あわてて体を起こすと、

「先週も練習に来たらしいから、その成果を見せてもらおうか」

春さんがちょっぴり片ほほをあげた。

まずはぼくが泳ぐことになった。

一度もぐって、強く壁をキックする。

すーっと体が進んでいく。

ふと、らっこ浮きのときの体の軽くなった感じがよみがえってくる。

するといつもより、なめらかに泳ぎだせた。

ただ、泳いでいると、これじゃだめだ、もっと速くって、あせりでむねがもやもやしてくる。

それにあらがおうと必死で泳ぐ。そうして五十メートル泳ぎきると、「うーん」と春さんはうでを組んでうなった。

「蓮、あそこのガラスに自分の顔がうつってるけど見えるかい？」

春さんの視線の先、大きなガラスの壁の一枚に、たしかにぼくがうつりこんでいる。

うなずくと、「じゃあ、よーく見てごらん」っていわれた。

自分の顔に目をこらした。

ぐっとよったみけんにはしわが立ち、口はへの字に曲がっている。

「あんたはいつも、けわしい顔で泳いでる」

たしかに春さんの言葉通り、けわしい顔だった。

「あせって必要以上に必死になることで、体に力が入ってプルとキックのタイミングがずれちまってるんだ。力まずに、カエルにでもなった気分で泳いでごらん。さあ、ひとつ深呼吸して」

そういわれてゆっくり息をすい、はきだすと、いつの間にかちぢこまっていた体が、ふわっとひとまわり大きくなった気がした。

あっ、この感じ、らっこ浮きしてるときとちょっとにてるかも。

自分のみけんに指をあてて、できていたしわをのばしてから、泳ぎだした。

ぼくはカエル！　ぼくはカエル！

むねの中でとなえながら手足を動かす。

すると、ふしぎなほどするすると水の中を体が流れた。


「明日のスイカのあと、ひま？」

練習のあと、着替えていると海音に声をかけられた。

「は？　スイカ？」

なんのことかと、ぼくは首をひねった。

そんなぼくに、ぎゃくに二、三回目をぱちぱちさせたあと、海音は「ああ、そうか」とつぶやきながらうなずいた。

「すいすい川原クラブのことだよ」

「えっ？　なんでそれがスイカなの？」

そう聞き返すと、

「すいすいのスイと、川原のカで、ス・イ・カ」

海音はス、イ、カのところで指をふりながら説明してくれた。

「ああ、なるほどね。たしかにすいすい川原クラブっていいにくいもんね。しかも、ちょっとださいし」

ずっと思っていたことがつい口からこぼれると、「ださい、ださい」と海音もあっさり同意した。

その奥で着がえていた陽太まで、かすかにうなずいたようだった。

「今度から蓮もそうよびなよ」

ちょっぴり得意げに海音がすすめてくる。

「えっ、いや、いいよ」

スイカだって、ちょいださいもん。ぼくは顔の前でぶんぶん手をふった。

そこで、海音がまたさっきと同じことを聞いてきた。

「明日のスイカのあと、ひま？　ひまなら、みんなで屋外プールへ行かない？　外のプールも楽しそうだし」

屋外プールは、相かわらず毎日にぎわっていた。

メインの流れるプールのわきに、今年からスライダーができたせいもあるだろう。本当はぼくもちょっぴりスライダーが気になっている。

だけど、凛の水泳の練習がいそがしいから家族で出かけるのはむりだよなって、あきらめていた。

「陽太はひま?」

海音は陽太へも声をかけた。

「えっ、おれも?」

陽太がびっくりしたように目を見開く。

「いいじゃん。友だちなんだし」

海音がさらりといってほほえむと、陽太の肩はびくっとはねた。

えっ、友だち? ……ぼくたちが?

おどろくぼくのほうへも、海音はその笑顔をむけた。

「あれ? 用事があった?」

そう聞かれたら、つい「いや」と首をふっていた。

本当に用事はなかったし、行ってみたかったところにさそわれて、やっぱ
りうれしかったんだ。

「じゃあ決まり。また明日ね～」

軽やかな足取りで、海音ははずむように帰っていった。


プールのある建物を出てすぐの所に、ベンチが置いてある。

木漏れ日のさすそこに、春さんがすわっていた。

辺りには相かわらずセミの声がこだましている。

そのさわがしさの中、目を閉じてまるで昼ねでもしているみたいだ。

気になってちらちら見ていたら、いきなりぱちっと両目が開いて、目があってしまった。

「なにか用かい？」

「えっ、いや、べつに……」

あわてて首をふったけど、まだじっと見つめてくる。

「朝から、あたしに用があるんじゃないのかい？」

思いがけない一言に、今度は「えっ」とつぶやいてかたまった。

ランニングのとき、後ろから見ていたことに気づいてたんだ。

気まずくなってうつむくと、「なんだい。いってごらん。気もち悪いだろ」といわれてしまった。

それから、とんとんっと、自分のすわるベンチをたたく。

そこまでいわれたら、どうしてまた泳ぐことにしたのか、思い切って聞いてみようかなって気になって、春さんのとなりにすわった。

ただいきなりそれを聞く勇気はなくて、

「春さんは高校生のとき、全国で三位だったんですよね？」

そうたずねると、「ああ」とちょっぴりほこらしそうにうなずいたあと、春さんはつづけた。

「けど、大学生のときに練習のしすぎでけがをしてね。リハビリをがんばったんだけど、以前と同じようには泳げなくなって引退したんだよ」

とつぜんの悲しい告白に、ぼくはひゅっと息をのんだ。

でも春さんのいい方は、悲しんでいるようにもくやしがっているようにも聞こえなかった。あんまりあっさりいうので、「くやしくなかったんですか？」って思わず聞いてしまった。

するとゆっくり顔を空へむけて、ふーっと、春さんは長い息をはきだした。

「くやしかったさ。もう、この世の終わりかってくらいにね」

顔のしわがぐっと深くなる。

やっぱり春さんはざせつしたんだ。

ぼくはひざの上の手をぎゅっとにぎりしめた。

春さんにくらべたらちょっぴりかもしれないけど、今、ぼくもにたような気もちでいた。

「なのに、なんでまた泳ぐことにしたんですか？」

だからなおさらふしぎだった。

「ああ、マスターズのことかい？」

ぼくがうなずくと、思いがけず春さんはふふっと小さくわらった。

「昔の仲間にさそわれてね。日本中あちこちに知り合いがいるんで、ちょこちょこ声がかかるんだよ」

いろんな大会で出会った人たちが、今はみんな仲間なのだという。

春さんの顔に、さっきまでの苦しそうな気配はもうない。すっきりさっぱりした顔をしている。

ぼくなら、そんなふうに切りかえられるだろうか？

いや、ぜったいむり。

「がんばったのにうまくいかなかったら、ぼくならもう泳ぎたくないな」

春さんくらい大きな目標にむかって努力して、それでもうまくいかなかったら……。

ぼくはまちがいなく、泳ぐことからにげだしたくなるだろう。

本当は今だって、なかなか成果が出なくてもどかしくて、しかたなかった。それと同時に、こんなにがんばったのに、またうまくいかなかったらどうしようって、こわい気もちもあった。それをどうにかやっとふるい立たせて、なんとかふみとどまっているだけで。

春さんはゆっくりこちらをふりむくと、うんうんとぼくの気もちを受けとめるようにうなずいた。

だけどつづけて、ふるふるっと首をふった。

「物事は、そんなに単純じゃないからね」

たいがいむすっとしている春さんが、少しだけほほえんだように見えた。

「いろいろ感じていろいろ考えて、いろいろ気づく。そういうものなんだよ」

春さんのいっていることは、よくわからなかった。

「いろいろって？」

そう聞いたけど、「いろいろは、いろいろだよ」といわれてしまう。

「いろいろかあ……」

ぼくは青空を見上げた。

春さんはいろいろ感じて、いろいろ考えて、いろいろ気づいて、それでまた泳ごうって思ったのか。

ざせつしてもただくやしいだけじゃなくて、いろいろ気づくことがあるのかな？

ぼくにはよくわからなかった。

「さあて、水でひえた体も温まったし、ひなたぼっこはおしまいだ」

春さんはぱんっとひざをたたいて立ちあがった。

8 新しい友だち

ぷかっとプールの水面に浮いて、銀色のぼうが格子に組まれた天井を見上げる。

日曜日、スイカの練習に来た。

スイカなんてよばないって海音にはいったけど、その軽いひびきが耳にのこってすっかりしっくりきてしまった。

海音と春さんは空いていた一コースでキックの練習を始めた。

陽太も練習に取りかかると、ぼくはプールのはしでらっこ浮きをしてみた。

ぷかりと水に浮いていると、むねのざわめきが少しずつしずまって、むねが軽くなっていく気がする。

きのうの夜から、ずっと気分が落ち着かなかった。

水泳の大会から帰宅した凛は、奥歯をぎゅっとかみしめたような顔をしていた。「そんなに落ちこまなくてもだいじょうぶよ」ってはげます母さんに返事もせず、父さんが買ってきたアイスも食べないでねてしまった。

予選落ちだったそうだ。

凛の大会、うまくいかないといいなって思ってたのに。

ぼくのねがい通りになったけれど、なんだかすっきりしない。

遠くに見える天井までとどくように、ゆっくり、長く、ふーっと息をはきだす。

ようやく、泳ごうって気もちになった。

「さすがにこんでるねえ」

海音が目も口もまん丸く開ける。

スイカの練習のあと、ぼくらはやくそく通り屋外プールへやってきた。

真ん中に円形に作られた流れるプールは、浮き輪に乗った人やビーチボールをとばしあいながら流れる人であふれている。その奥に見えるスライダーにも、長い列ができていた。

場内にはアップテンポな曲が流れているのに、さわがしい声にかき消されてそれもよく聞こえないほどだ。

「スライダー、こんでるけどならんでみようよ」

ぼくのお目当てはスライダーだった。せっかく来たんだもの、すべってみたい。

だけど、

「おれ、スライダーはいいや」

長い列をちらっと見ただけで、陽太はさっとそちらに背をむけた。

「えー、おもしろそうじゃん」

海音はやる気のようで、大きな体をゆらしてはしゃぎ声をあげる。

「小さい子もならんでるし、こわくないと思うよ」

海音の指さす先には、ぼくらより小さい子もいる。だけどたいていは、ぼくらと同じ歳くらいの子みたいだ。

「小学生以上はオッケーだって入口に書いてあったよ。あれだけいたら、ひとりぐらい友だちがならんでるかもね」

行列をながめながら、ぼくももう一度さそってみた。でも、

「おれはいい」

陽太はかたくなに首をふる。こまったねえと、海音がこっちを見る。

ぼくもちょっと肩をすくめた。そのとき、

「あーっ、待って待って」

小学一年生くらいの女の子が、声をあげながらこちらへかけてきた。

はずんだピンク色のビーチボールが、ぼくらのわきを通過していく。

女の子は必死で手をのばしたけれど、あとちょっとってところでボールはふわりとプールへとびこんだ。

「待って」

もう一度ボールへ声をかけた直後、女の子がプールへ落っこちた。

プールサイドのみぞのところで足をすべらせたようだ。

バシャンと大きな水しぶきが上がる。

ぱっと、あたりの人たちもこちらをふり返る。

思いがけない落ち方をしたせいか、女の子はすぐに浮いてこなかった。

監視員さんがあわててかけよってくる。

その目の前で、陽太が水へとびこんだ。

そのままもぐって、あっという間に女の子を背負うかっこうで浮きあがってくる。監視員さんも手つだって、女の子はプールサイドへ引きあげられた。

おどろいていてかたまっていた女の子の青い顔から、ふーっと力がぬけていく。

「だいじょうぶか？」

陽太が聞くと、小さくこくんとうなずいた。

監視員さんにつれられて、ビーチボールをかかえた女の子がむこうへ引きあげていくと、ようやくぼくはほっと息をついた。

そこで気がついた。まだ海音が、ぼうぜんと立ちつくしていることに。

真っ白な顔をした海音は、へなへなとその場にすわりこんでしまった。

「ぼくには、まだむりだった……」

ぼそっとつぶやく声がする。

「まだ？」

ぼくが聞き返すと、

「とっさになったらあわてちゃって……。ぼくは、もっとスムーズに助けてもらったのに……」

小さくひとつ息をつくと、海音はぽつりぽつりと話しだした。

「ぼく、去年、海でおぼれたんだ。ビーチボールが風に流されて、追いかけてたら足がつかないところまで行っちゃって。じたばたしてたら、お父さんくらいのおじさんが助けてくれて……」

おぼれたときの記おくがおそろしいのか、海音の顔はさっきより白くなったように見える。

「大きな背中にぼくを乗せて、ゆっくりカメみたいに平泳ぎしてくれてさ。それまでぼく、ぜんぜん泳げなかったんだけど、それでもいいかなってあきらめてたんだ。でもそのとき、いつかだれかを助けられるように平泳ぎを泳げるようになりたいって思ったんだ」

海音の顔がようやく上がる。

その日以来、海音は市民プールで泳ぎの練習を始めたそうだ。

むずかしいと知っていた平泳ぎにどうしてもトライしたかったので、スイカの募集を見つけたときは運命だと思った、といった。

たしかに、人を助けるのにクロールってわけにはいかないもんな。

海音は人を助けるために泳げるようになりたかったんだな。

……なんか、かっこいいな。

「陽太はちゃんと助けられてすごいよね」

海音がうらやましそうにいうと、

「そんなことないよ」

陽太はあわててそっぽをむいた。

でも、ほんのりほほが赤い。それを海音も見のがしていなかった。

「てれなくてもいいじゃん」ってつっこむと、「うるさいな」といいつつ、ますますほほを赤くする。

そんなふたりをながめながら、ぼくはぼんやりと考えた。

ぼくはなんで泳ぎたいんだろう?

太陽にやかれたプールサイドのコンクリートから、ゆらゆらと陽炎が立ちのぼっていた。


翌週のスイカの練習でも、ぼくはさいしょにらっこ浮きをした。

それから、平泳ぎのプルと呼吸だけ、つぎにキックと呼吸だけ、さいごにプルとキックと呼吸を合わせた。

プルとキックのタイミングを正しく身につけるために、ふだんの練習から工夫したほうがいい気がして春さんに相談したら、新しいメニューを考えてくれたのだ。

さいごに五十メートル泳いだら、力まずに泳げるようになってきたせいか、久しぶりに53秒が出た。

この感じをわすれたくない。

明日も市民プールに練習に来よっと!

月曜日の午後、ぼくは市民プールへ出かけた。

スイカの練習のときにくらべたらプールはこんでいたけれど、六コースはまだ空いている。

プールの入口わきにあるガラスから中をのぞいてそれをかくにんしていたら、受付のお姉さんに「ずいぶん気があってるのね」となぞの言葉をかけられた。

プールへ行くと、その意味はわかった。

「えー、蓮も来たんだ！」

プールサイドでキックの練習をしていた海音が、大きな声をあげたから。

それから、

「ぼく、もっとうまくなりたいんだ」

きゅっと顔を引きしめた。

「スイカも、あと四回だけだもんな」

ぼくも同じ気もちだった。

そこで海音が、「えっ？」と目を見開いた。

なににおどろいているのかわからなくてぼくが目をぱちぱちさせると、

「だって、スイカって……」

そういってから、海音はぷふふっとわらいだした。

「あっ」と口を手でおさえ、「だって、いいやすいから……」といいわけしたけれど、けっきょくぼくはえへへっと頭をかいた。

「けどさ、陽太はスイカとかいわなそうだよね」

そういうと、「わかるわかる」と海音は丸い体をゆらして大きくうなずいた。

「ねえ、いっしょに帰ろうよ」

更衣室を出たら、とびらのむこうに海音が立っていた。

待っていてくれたようだ。

「スイカの練習のあとはさ、お母さんが車でむかえに来るから急いでるんだけど、今日は駅からひとりでバスで帰るんだ」

今日、お母さんは仕事なのだという。

ここから駅までは、歩いても十分ていどだ。

急ぐ理由もないので自転車を転がして、駅までの道をならんで歩いた。

太陽は西にかたむいていたけれど、足元にはまだ黒くこい影がおちている。

海音の家は同じ市内でも駅むこうの西のはずれにあるといった。それで、市民プールまで自転車で来るのはきびしいそうだ。

「へえ、ぼくんちも駅むこうだけど、プールまで自転車で二十分くらいだよ」

そういいながら、今まで家の話なんてしたことなかったなって気がついた。

すると、海音がいった。

「陽太んちは、駅よりこっちがわだと思うよ。プールへ通うとき、住宅街から出てくるところを何度か見たことあるんだ」

駅よりこちらがわには、マンションが建ちならんでいる。

「へえ、知らなかった」

「あんまりしゃべらないもんね」

「ああ、陽太って無口だよね」

そういってうなずいたら、「蓮もあんまりしゃべらないよ」といわれた。

「えっ、そうかな？」

クラスの友だちから、おとなしいといわれたことなんてないのにな。

だけど海音は、きっぱりとうなずいた。

「わらわないから、なんか話しかけにくかったし」

……たしかにスイカにいる間って、わらってなかったかも。

「けど、このごろちょっとちがうよ」

そういうと、海音はふっとほほえんだ。

駅前の住宅街が近づいてくる。

通りに面したグレーのマンションの前に、黄色いトラックがとまっていた。

クマのマークがついた引っこし屋さんのトラックだ。

なんとなしにながめていると、黄色いつなぎを着た引っこし屋さんが、ふたりがかりで大きな荷物をかかえてマンションから出てきた。

トラックの荷台はもういっぱいで、それがさいごの荷物のようだ。

引っこし屋さんはそのままトラックへ乗りこむと、マンションのほうへペこっと頭を下げた。

見ると、マンションの入口に女の人と男の子が立っていて、お母さんらしい女の人が頭を下げ返している。

「あれ？」

ぼくは思わず立ちどまった。その男の子に見おぼえがあったからだ。

となりで海音が、「あーっ」とおどろいたようにさけんだ。それから、

「陽太じゃん」

はずんだ声でよびかけてぶんぶん手をふり回しだす。

ぼくらに気づくと、陽太は気まずそうに顔をゆがめた。

だけどお母さんになにかいわれると、ぶすっとした顔のままこちらへ歩いてきた。

「なんか用？」

ぶっきらぼうないい方だ。

「ただ通りかかっただけだよ」

海音は陽太のいい方なんて気にせずに、いつもの調子でわらいかける。

「もしかして、引っこすの？」

ぼくは気になったことを聞いてみた。

「ああ。夏休みの終わりに」と当たり前のように陽太がうなずく。

とたん、海音は「えーっ」とまゆをよせた。ざんねんな気もちが表情から
あふれている。

そんな海音へ、陽太はちょっとおどろいたような顔をむけた。

そこで、べつの声がかかった。

「陽太、もうすぐ引っこしじゃん」

ふりむくと、マンションから三人の男の子たちが出てきた。

同じマンションの友だちかな?

そう思ったけど、陽太の顔はちょっと引きつっている。

「まあ」

あいまいにうなずく陽太へ、

「元気でな」

「じゃあな」

のこりのふたりも軽く手を上げて、するりとぼくらのわきをすりぬけた。

陽太は、ぐっと体をひねるようにして三人に背をむけている。ふと、そのすがたが、スライダーはすべらないとかたくなだったときのものと重なった。遠のいていく背中を見つめていると、三人の肩がくくっと小さくゆれた。

「陽太なんて……いてもいなくても……、同じ……」

とぎれとぎれに話し声も聞こえてくる。

えっ？

目をぱちぱちさせるぼくのとなりで、ふーっとあらい鼻息の音がした。海音がほほをふくらませている。三人組の話し声が聞こえたのだろう。

だけど陽太はさらりといった。

「おれなんて引っこしても、だれもこまらないよ」

「そんなことないよ！」

あたりに、大きな声がひびいた。

さっきの三人組も、思わずこちらをふり返ったほどだ。

海音は、陽太をまっすぐ見るともう一度いった。

「そんなことないよ！」

そんなことないかも……。

ぼくもちらっと陽太の顔をあおぎ見た。

らっこ浮きをすると、体からむだな力がぬけてむねまで軽くなり泳ぎやすくなることに、陽太がいなかったらぼくは気づけなかっただろう。

陽太が引っこしてもだれもこまらないなんてこと、ない。

ぼくも、こくんとうなずいた。

むし暑い風がぬけていく。

マンションの入口に植わった木ぎが、重たそうにさわわっとゆれている。

その風の中へふーっと息をはきだすと、陽太はかすれた声で話しだした。

「おれさ、小さいころ体が弱くて、それで水泳を習いはじめたんだ」

親の仕事のつごうで何度か転校したけれど、得意な水泳のおかげでいつもすぐに友だちができたそうだ。

「けどここでは、うまくいかなくて。あいつらとなかよくなって、同じスイミングに入ったんだけど、おれのほうが上の級になっちゃってさ……」

そしたら急に、仲間に入れてもらえなくなったという。

いごこちが悪くなり、スイミングもやめてしまったそうだ。

きっとみんなより速く泳げるところを、見られたくなかったんだな。

ああ、だから陽太は本気で泳ごうとしないのか。ゆうがな泳ぎにパワーがくわわれば、もっともっと速くなるはずだ。でも、あえてそれをしない。

陽太は、本当の自分を人に見せるのがこわいのかも。

陽太が本気で泳がない理由になっとくすると同時に、むねがドキンとはねて、苦い気もちになった。

陽太の友だちが陽太にとったたいどって、ぼくが凛にしたのと同じだったたから。ただうらやましくて、けどそう思うとくやしくて、それで凛をさけてしまったんだよな。

暑くねっとりした重たい空気につつまれて、だまりこんだ。

しばらくすると、「でも」と陽太が顔を上げた。

「でも泳ぐのはすきだし、知ってる人が来ない平日の夜だけ市民プールで泳いでたんだ」

それからひみつでも打ちあけるように、ぼくにこそっとささやいた。

「らっこ浮きすると頭が空っぽになるから、もやもやしたらやってるんだ」

……ああ、陽太はぼくがずっともやもやしてたことに、気づいてたんだ。

「ぼくは陽太が引っこしたらさみしいな」

海音がいった。

ぼくも同じ気もちだったけど、凛にひどいたいどをとっておいて「ぼくも」というのは調子いい気がして、だまってこくりとうなずいた。

ちょっとなきそうな陽太の顔を、夕日がてらしだしていた。

「ねえ、転校したとき、すぐ友だちできた？」

父さんとふたりで夕飯をかこんだところで、ぼくは聞いてみた。

父さんは小学三年生のときに転校したことがあるって知っていたから。

遠い記おくをよび起こすように、父さんが遠くを見つめる。

「まあな。でも父さんの場合は、方言がわからなくて苦労したな」

友だちがなにをいっているのかわからず、こまったそうだ。そんなときは、自分だけ仲間外れみたいでいやだったという。

「やっぱり大変だったのか……」

新しい友だちを作ろうとがんばって、だけどうまくいかなくて……。

陽太の気もちを思うと、むねがいたい。

ああ、今度の引っこしでは、ちゃんと友だちができますように。

ぼくは心からねがった。

「蓮のクラスに転校生でも来たのか？」

父さんに聞かれて、ぼくはううんと首をふった。

「最近できた友だちがさ……」

思わずそういって、友だちって言葉にトクンとむねがゆれた。

いつの間にか、ぼくも陽太たちのことを友だちって思ってたんだな。

「ただいまー」

そこで、玄関のほうから母さんと凛の声が入ってきた。スイミングから帰ってきたのだ。

「へえ、新しい友だちができたのか」

父さんの大きな声に、

「新しい友だち？」

リビングへ顔を出した母さんは、ちらりとぼくのほうを見た。

9 波となかよく

「やったー」

泳ぎおえたとたん、水中までひびいてきた海音の声にプールサイドをあおぎ見ると、

「52秒！」

陽太は赤い針がゆっくり回転しているタイマーを指さした。

それでもまだピンときていないぼくへ、

「自己ベスト更新だよ」

春さんはいつもの調子でたんたんといった。

かーっと体があつくなる。

こうふんしすぎて口を開けてもうまく声が出てこない。そんなぼくを見て、

「金魚みてえ」

陽太はくくっとわらった。あははって海音もわらっている。

ようやく「やったー」ってつぶやくと、春さんがいった。

「プルとキックのタイミングはもうだいじょうぶそうだ。そのリズムを大事にして、あとは、体のまわりにできた波となかよくすることだよ」

「波となかよく？」

「ああ。平泳ぎのプルでうでをのばしたとき、指先は水面下十五センチくらいにしずんでいるだろ。でも、リカバリーの直前には水面ぎりぎりまで上がってる。そうすることで体のまわりに波を作ってるんだ。その波と、ね」

そういわれてプルの動作をしてみると、たしかに手の位置は水中で上下していた。

そっか、ぼくは自分で波を作ってたのか。

「庭で育てるトマトだって、赤くなーれ、あまくなーれって声をかけてやれば赤くてあまく育つもんだ。水にだって、こちらの思いはつたわるから、なかよくしようって気もちをこめて泳いでごらん」

春さんが自分の言葉にうなずく。

「波となかよくか」

来週にせまったＴＳＳ杯の県予選までに、もっと波となかよくなりたい。

波とたわむれて泳ぐ自分を想ぞうしたら、むねがわくっとはずんだ。


日曜日のスイカの練習でも、波となかよくすることを心がけた。そのせいか、52秒が三回も出た。

月曜日、ぼくはお昼ごはんをすませると市民プールへ出かけた。

自転車に乗ると、まっすぐ前を見つめてペダルをこいだ。

まずは遠くまで景色全体をとらえて、それから三つ先の交差点の角に立つ赤いポストに集中する。ポストが近づいてきたら、今度はその先のコンビニのかんばんへ視線をうつす。

「目線は一定に、一定に……」

ついもごもごとなえてしまう。このごろプールにいるときじゃなくても、平泳ぎのことを考えていることがよくある。

もしかしたら……、春さんのいってた自ら考えて取りくむってことが、ぼくもできるようになったのかな。

そう思うと、ペダルをふみこむ足にさらにぐんと力が入った。

今日、凛と母さんは県内のべつのスイミングへ合同練習に出かけた。父さんは仕事休みの日だけれど、昼前に起きてきて、やくそくがあるとあわただしく出かけて行った。

それでぼくは、たっぷり夕方まで練習してから家へ帰った。

家に帰ってしばらくすると、父さんが帰ってきた。

「蓮、おみやげがあるぞー」

ダイニングテーブルへ四角い箱を乗せる。ぼくはさっそくふたを開けた。

「わあ、おまんじゅうだ」

茶色い皮のものにまじって、真っ黒い皮のものもある。

家族で温泉へ行ったとき、できたてほやほやのおまんじゅうを食べたことがあった。

目の前のおまんじゅうは湯気こそたっていないものの、ふんわりもちっとした皮を見ているとあまいかおりがただよってきそうだ。

「温泉へ行ったの？」

ぼくが聞くと、「まっさかー」とわらいながら父さんはダイニングのいすにすわった。

「今日はさ、なみだ会だったんだよ」

なみだ会。

初めてその名前を口にしたときは、今にもなみだが出そうなつらそうな顔をしていたけれど、今の父さんはすっきりした表情をしている。

なみだ会は、津見田支店がつぶれたときにいた仲間が集まる会だ。

「津見田」をもじって「なみだ」になったっていってたけど、じっさいになみだを流した人もたくさんいたのだろう。父さんだってぼくの前でこそなかったけれど、支店がつぶれたときはすごくつらそうだった。

べつの支店に異動した人や、ちがう会社へ転職した人、それから自分でお店を始めた人も集まって、ときどきおしゃべりをしているそうだ。

おまんじゅうのおみやげは、温泉街のまんじゅう屋さんに転職した人からだという。

「まさかまんじゅう屋さんではたらくことになるとは思わなかったっていっ

てたよ。なんせ、もとは事務職だからさ。けど、人ってなんでもできるもんだな」

箱から取りだしたおまんじゅうをにぎったりながめたりしながら、父さんがひとり言みたいにつぶやいている。

それから顔を上げると、ぼくへほほえんだ。

「まんじゅうってさ、奥が深いらしいぞ。この皮のあつみと、あんこの量で食べたあとの口の中のあまさがかわるんだってさ。どれ、食べてみるか」

おまんじゅうをつつんだビニールをぺりっとめくる。

「ぼく、黒いのにしてみるね」

ぼくも急いでいすにすわると、そっとおまんじゅうのビニールづつみを開いた。ぱくっとかぶりつくと、おまんじゅうの表面の皮が、口の内がわにぺたりとはりついた。ちょっぴりぱさっとした食感のあと、しっとりしたあんのあま味が口の中に広がる。

「うんうん、なるほど、うまいなあ。けど、あいつが作ったと思うとわらっちゃうけどな」

父さんは食べながら、本当にぶふふっとわらっている。

あんまり楽しそうな顔で話すので、「父さんもまんじゅう屋さんになりたかったの？」って聞くと、いやいやとあわてて首をふった。

「不器用な父さんにこんなきれいなまんじゅうは作れないよ。それに、車を売る仕事はやっぱり父さんにはむいてるからさ。この前ラディッシュをくれたお客さんが、新しいお客さんをしょうかいしてくれたんだ。父さんの営業だと安心だっていってくれてさ」

「そっかあ。よかったね」

支店がつぶれたころの落ちこんだ父さんの顔が頭をよぎり、よかったねって言葉に力がこもった。

そんなぼくの思いを見すかしたようで、父さんはてれくさそうに頭をかい

た。「蓮にもだいぶ心配かけたよな」っていいながら。

それから、「でもさ」と窓のむこうの夕日へ目をむけた。

「がんばってやってきたのに津見田支店がつぶれてしまってショックだったけど、父さんのがんばりの結果はそれだけじゃなかったのかもって、このごろ思うんだ」

ちょっぴりねじ曲がっていてすんなり理解できない父さんの言葉に、春さんの話を思い出した。

「それって、どういうこと？」

物事はそんなに単純じゃない、ってことかな？

顔をつきだしたぼくに、父さんはふんわりとほほえんだ。

「新しいことに気づいた、ってことかな」

そういうと、「さて、夕飯にするか」っていすから立ち上がった。

流しの前に立った父さんが、ふんふんふんっと鼻歌を歌いはじめる。

もっとがんばれば津見田支店はつぶれなかったんじゃないかって、ぼくはずっと思っていた。

けどたぶん、父さんはそんなこと思ってない。

新しいことに気づいたから、かな。

それは、春さんのいっていたいろいろなことに気づいたってことと同じなのだろう。だって父さんは、春さんと同じ、すっきりさっぱりした顔をしているもの。

その週は、毎日市民プールへ通って泳ぎこんだ。おかげでだいぶ、自分で作った波となかよく泳ぐ感覚がつかめてきた。

ついに明日は、ＴＳＳ杯の県予選だ。午前中にスイカの練習に行って、予選会は夕方からだ。

予選会のことを考えると、やっぱりぶるりと身ぶるいが出る。

それをふーっと息をはきだして落ちつけると、ぼくは市民プールの受付へ声をかけた。

「おはようございます」

「あらっ、おはよう」

受付のお姉さんは、ぼくを見ると意味ありげに大きな目をぱちんとまたたかせた。プールへ行くと、

「おっ、やっぱり来たな」

陽太がひょいっと手を上げた。

「ひさしぶり〜」

そのとなりで、海音がぶんぶん手をふり回している。

「あれ？　ふたりとも出かけてたんじゃないの？」

今週はおぼんなので、海音の家は家族旅行に、陽太はおばあちゃんの家へとまりに行くといっていたのだ。

「きっと蓮が来ると思ってさ」

「そうそう。だからぼくも来てみたんだ」

ふたりともきのう家へ帰ってきたという。

わざわざ来てくれたんだ。つい、顔がほころんでくる。すると、

「さっ、気合い入れてくぞ」

陽太がびしっとプールを指さした。

「ぼく、タイマー係ね」

海音が手を上げる。ぼくよりずっと気合いが入っているみたいだ。

ふたりにせかされてプールへ入ると、パンッと陽太が手をたたいてスタートをつげた。

自分で作りだした波に乗って進んでいく。

ぱっとプールの壁に手がふれて、水から顔を出した。

「蓮、すごいよ！」

今にもプールへ落っこちそうなほど、海音がこちらへ体を乗りだしてくる。

「51秒だぜ！　やったな」

陽太がくいっとほほを持ち上げた。

51秒。……目標の50秒台まであと一息だ。

じゅわっとわきあがったよろこびが、体中に広がった。

10 結果と、それから

ぴりっと引きしまった空気が会場をつつんでいる。

TSS杯の県予選が始まった。まずは自由形の選考、そのつぎが平泳ぎだ。

きんちょうで奥歯がカチカチ音をたてる。

少しでも気もちを落ちつけようと、くるくる足首を回した。

前より筋がよくのびて、大きく回る。

春さんに習ったストレッチを毎日かかさずやったおかげだな。

「がんばれよ」っててれくさそうにいう陽太と、「蓮ならきっとだいじょうぶ」って丸い目を見開く海音の顔が、ふと頭にうかんだ。

午前中、スイカの練習のあと、そういって送りだしてくれた。

春さんはだまってこくりとうなずいた。

それを思い出したら、体を取りまいていたきんちょうが和らいで、むだな力がすーっとぬけた。

きのう51秒が出たんだもの。だいじょうぶ！

自分にいい聞かせて、ぼくはゆっくりひとつうなずいた。

あっという間にぼくの出番が回ってきた。

水に入り、一度深くもぐる。

むねはドキドキするけど、ドキドキに合わせてパワーがわきでてくるみたい。スタート台に立つ。

ピッという合図で、水へとびこんだ。

呼吸のしかたも、目線の位置も、プルとキックと呼吸のタイミングも、もうなにも考えなかった。

ただただ水の中を進んでいく。

らっこ浮きしているときみたいに体が軽い。
くるりと壁の前でターンして、
ひたすらに泳いだ。

指先がプールの壁をとらえたざらっとした感触で、五十メートル泳ぎおえたことに気がついた。

プールサイドには一コースにひとりずつ審判コーチがいて、タイムを計ってくれている。

「50秒35。がんばったね」

ぼくのコースにいた審判コーチが、そういってにこっとほほえんだ。

50秒35！

やったあ！

思わずとびはねてよろこびたいのを、ぐっとがまんした。

まだ平泳ぎのレースはあとふたつのこっていて、すぐそこにきんちょうした顔でスタートを待つ子が待機していたから。

つぎのレースが始まった。

懸命に泳ぐ子たちはみんな速く思えた。

ぼくはただただ、いのるような気もちでのこりのレースを見守った。
そのあと、平泳ぎを泳いだ全員がプールサイドに集められた。
ＴＳＳ杯に出場できる二名が発表されるのだ。
コーチにいわれた50秒台は出したんだもん。きっとＴＳＳ杯に出られる！
ぜったいに出たい！
ぎゅっと両手をにぎり合わせて、審判コーチの言葉を待った。
一位から発表だ。
「一位、47秒58……」
名前をよばれた子が「わあ」と声を上げ、まわりからはくしゅが起こる。
あとひとり……。さらに強く両手をにぎり合わせた。
「二位、49秒36……」

49秒って聞いたしゅんかん、自分じゃないとわかって、むねのドキドキがぴたりと止まった。

「三位、50秒35。桜田蓮」

ぼくの名前がよばれたら、同じスイミングスクールから出場した子がこちらを見て手をたたいてくれた。

それでも、TSS杯には出られない。

ぎゅっとにぎりしめていた手をそっと開く。

相かわらずかさついていて、ほんのり塩素のかおりがする。

でもその手は、なんだか前より大きくなったように見えた。

「ざんねんだったわね」

ロビーへ行くと、おうえんに来てくれていた母さんがいった。

「うん」
うなずいて、ぼくはさっきもらったばかりの「第三位」と書かれた賞状を
もう一度くるくると広げてみた。
三位だったことはやっぱりくやしかった。
結果発表を待つ間、手だけじゃなく奥歯もかみしめていたようで、あごの
あたりがまだじんわりいたい。
てのひらでほほをさする。きっと今、ゆがんだ顔をしてるんだろうな。
そう思って、水泳大会で予選落ちした日の凛の顔を思い出した。
凛もゆがんだ顔をしてたよな。
……それって、一生懸命水泳をやってるからだよね。
ああ、それならあのとき、なにかいってはげましてあげればよかったな。
そこで母さんが、「もし蓮に気もちがあるならなんだけど」と前おきして、
スマートフォンをこちらへさしだした。

「スイミングによって、選手をえらぶ基準のタイムとか年れいってちがうらしいの。TSSで特訓生になるには低学年のほうが有利みたいだけど、べつのところなら高学年になっても可能性があるそうよ。それなら、可能性が高いスイミングへうつるのはどうかしら？」

母さんの指がスマートフォンの画面をなでると、聞きなれない名前のスイミングのしょうかいがあらわれた。

「ちょっと遠いけど、がんばれば通えると思うの」

住所を見ると、電車で三つ先の駅の名前が書いてある。

母さん、ぼくのためにいろいろ調べてくれてたんだな。

ふわっとむねが温かくなる。そのむねに、ぼくはそっと両手を重ねた。

TSS杯に出場できる目標の二位以内に入ることは、けっきょくできなかった。だからくやしい気もちはもちろんあった。

だけど今日は、特訓生にえらばれなかったときとはちょっと気もちがちがっていた。

黒いもやもやがあふれだす代わりに、小さなほのおがともったような、かすかだけど力強い温かさをむねの奥に感じた。母さんの提案はうれしかったけれど、今すぐとびつきたいとは思わなかった。

「考えてみる」

ぼくはそういって、心配そうにこちらを見つめる母さんにうなずいた。


つぎの日の朝、リビングへ行くと見なれない額がふたつ、壁にならべてかけてあった。その前に立ち、凛がじっと額を見上げている。

なんだろう？

後ろからのぞいたら、きのうぼくがもらった三位の賞状だった。

そのとなりは、凛がこの前大会に出たときの参加証だ。

母さんがかざってくれたのだろう。

凛はきゅっと口元を引きしめて、自分の参加証を見つめている。

……がんばったんだから、くやしいよな。

けどさ……。

凛の肩を、ぼくはぽんっとたたいた。

「またがんばろうぜ」

ふりむいた凛へ、丸めてグーにした手をまっすぐにつきだす。

その手とぼくの顔をこうごに見つめたあと、凛も自分の手をグーにした。

「うん」

凛のグーとぼくのグーがこつんとぶつかった。

朝ごはんをすませると、いつもより早く家を出て、さいごのスイカの練習にむかった。よゆうで八時前に川原運動公園についた。

今日は川原運動公園フェスティバルの日なので、公園の入口にはかんばんが、会場となるテニスコートや体育館の前には案内がはりだされている。

もちろん屋内プールの入口にもはり紙が出ていた。

〈十一時から「だれでも百メートルリレー」

一時から「水球デモンストレーション」

随時、参加・見学できます〉

カラフルな文字でそう書いてある。

受付のお姉さんも今日はいつものポロシャツではなく、太陽みたいな明るい黄色のティーシャツすがたでテーブルを外へ運びだしている。

その前を横切って、ぼくはランニングコースへむかった。

「やっぱりいた！」

赤いティーシャツに赤い短パン。どこから見てもよく目立つ。春さんだ。かけだしていって春さんとの差を一気につめると、今日は背中から声をかけた。

「おはようございます」

大きな声にふりむいた春さんは、「ああ、おはようさん」というと、また前をむいてしまう。

ぼくはあわててとなりにならんだ。

「県予選は三位で、TSS杯はだめでした」

まずはきのうの報告をして、それからこうつけたした。

「でもぼく、なんかへんなんです」

「へん？」

それまでまっすぐ前をむいていた春さんが、こちらをふりむいた。

「くやしくないわけじゃ、ないんだけど……」

むねをがさとさすってみせる。

今の気もちをうまく表す言葉が見つからない。

とりあえず、思いつくまま言葉をつづけた。

「くやしいけど、思ったより落ちこんでないっていうか……」

春さんの手がのびてきて、ぼくのむねをとんっとたたいた。

「そう思う理由は、ちゃんとそこにあるんだよ」

それから意味ありげににっとわらった。

「物事は、そんなに単純じゃないからね」


「そっか……」

陽太はうつむいた。

「そんなあ……」

海音の目にはぶわっとなみだがふくらんできて、すーっと丸いほほをつたっていく。ストレッチの前に、県予選で三位だったことを話した。

するとふたりは、すっかりがっかりしてしまった。こんなことというのはふきんしんだけど、ぼくはそんなふたりを見てむねが温かくなった。

「じゃあ、今度はあたしから報告だ」

しずんだ空気に、春さんのしゃがれ声がわりこんだ。

「あたしは九月から四国へ行くことにした」

この前のマスターズの大会で再会した仲間に、高校の水泳部の顧問をたのまれて、引きうけたそうだ。

「長いこと水泳を教えてきて、春で一区切りつけたんだけどね。あんたたちを見てたらさ」

春さんはぼくらをゆっくりと見まわした。

その目は、今まで見た中で一番強く、ギラリとかがやいていた。

「おれも、明日引っこすんだ」

陽太が口を開くと、

「みんな、おわかれか……」

海音がぐすっとはなをすった。

同じ市内とはいえ、海音とも家はだいぶはなれている。今までのように会うことはないだろう。スイカが今日でさいごなことは、前からわかっていた。だけどむねがきゅっとなる。やっぱりさみしい。

夏の終わりをおしむように、ミーンミーンとセミがせわしなく鳴いている。初めてここへ来たときは、まだセミなんか鳴いてなかったのに。

あれから二か月。

「いろいろあったなあ」

スイカに入って陽太や海音と友だちになったり、春さんにいろいろ教わったり、TSS杯にむけてがんばって練習したり。もやもやした気もちをふりはらいたくて通いだしたけど、今は充実感でいっぱいだ。

そこでぼくは、はっとした。

こんな気もちになれたのって、特訓生になれなかったおかげなんだよな。

春さんと父さんの顔がいっぺんに頭にうかんで、ぶつかって、はじけた。

そっか！

物事はそんなに単純じゃないって、がんばった結果はそれだけじゃないって、そういうことだったんだ！

……ああ、ぼくのがんばりはむだじゃなかった。

父さんや春さんが気づいたことって、きっとそれなんだ。それで気もちを切りかえられたんだ。

たぶん今、ぼくもふたりのようなすっきりさっぱりした顔をしているのだろう。心配してくれてた母さんにも、ぼくが気づいたことを話してみよう。

陽太と海音はまだがっくりと肩を落としている。

本当はがっかりする必要なんてないのに。

わかれの前に、それをみんなにも感じてほしい。

そう思って、ぼくはすてきなアイデアを思いついた。

「ねえ、みんなで泳ごうよ！」

プールには、いつになくたくさんの人が集まっていた。

それぞれ四人組で、「スタートは落ち着いて」とか「リズムを大事に泳ごう」なんて話している。

これから、だれでも百メートルリレーが始まる。

ぼくらは四人で、それに出場することにした。

「あー、きんちょうするなあ」

こういうふんいきになれていない海音は、さっきからそわそわしている。

「もう一回トイレに行ってこようかな」

そういっていいそいそ立ちあがると、

「あれっ？　海音じゃん」

リレーに出場する集団の中から、声がとんだ。

そちらを見て海音が「ああ」とうなずいたから、知り合いらしい。

よびかけたぼうず頭の男の子は、こんがり小麦色に日焼けしていた。

「おれ、野球チームのメンバーで出るんだ」

そういいながら、後ろをふり返る。

小麦色の男の子があとふたりと、やっぱり日焼けしたおじさんがいた。

「へえ、がんばってね」

いつもののんびりした調子でこたえ、海音がそのままトイレへ行こうとすると、ぼうず頭の男の子はふふっと鼻を鳴らした。

「海音って泳げたっけ？　これって四人で百メートルだから、ひとり二十五メートルは泳がないとだめなんだぜ」

半分ばかにするようないい方に、ぼくは思わず男の子をにらんだ。でも、

「だいじょうぶだよ。スイカで練習したから」

海音はあわててない。

「スイカ？」

けげんそうに聞かれても、

「そっ。すいすい川原クラブのこと」

ちょっぴり得意げにこたえている。

するとぼうず頭の男の子は、ふんっと鼻息をとばした。

「おれたちは練習なんかしてないけど、ふだんからきたえてるからよゆうで一位だな」

ゆうゆうといい切るその様子に、海音は目をぱちぱちさせた。

それからいった。

「べつに一位にならなくても、本気で泳げばいいんだよ」

にっこりほほえむと、ついにトイレのほうへ歩きだす。陽太は、そんな海音の背中をじっと見つめていた。

「……本気か」

陽太がぽそっとつぶやく。

そこでぼくと目が合うと、なにか
決意するように、こくんとひとつうなずいた。

スタートの合図と同時に、陽太が
なめらかに泳ぎだす。
陽太の泳ぎは、やっぱり大きくてゆうがだ。
でも今日は、さらにそこにパワーを感じた。
ぐいっと水をつかみ、ぐっと後ろへ
おしだしていく。
力強くて美しい。
ああ、なんだかイルカみたい。
その勢いのまま、こっちのサイドまで
つっこんでくる。

陽太が壁にタッチすると同時に、海音が泳ぎだしていった。

はあ、はあ、はあ……。

プールの中で立ち上がった陽太は、大きく肩をゆらしていた。

苦しそうだけど、でも、その顔は晴れやかだ。

その顔で、四番目に泳ぐためまだプールサイドにいたぼくを見上げると、ふっとほほをゆるめた。

「本気で泳ぐって気もちいいな。やっと自由に泳げたよ」

満足そうな陽太の顔を見て、スイカの初日、春さんがなににトライしたいか聞いたときのことを思い出した。

そっか、陽太のトライって、自由に泳ぎたいって、まわりの目から自由になって自分らしく泳ぎたいって意味だったのか。

まぶたのうらには、イルカのような陽太の泳ぎがまだちらついている。

「すごくかっこよかったよ」

ぼくは大きくうなずいた。

首をすくめて、陽太はてれくさそうにわらった。

そのとき、こちらを見つめる視線に

気がついた。プールのむこうサイドを見ると、

春さんがうんうんと満足そうにうなずいていた。

プールの中では、海音が懸命に泳いでいる。

ゆっくりうでで水をかき、強く水を

キックして、しっかりのびる。

ぎこちないながらも、平泳ぎの基本の

動きはちゃんとマスターしている。

海音もがんばったんだな。

海音の手が壁にふれたしゅんかん、

春さんが泳ぎだした。

ぐんぐんこちらへ近づいてくる。
春さんの泳ぎは、陽太よりもさらに力強かった。
小柄で細いあの体のどこから、あんなパワーが
出てくるのだろう。
見とれているうちに、もうぼくの立つスタート台の
下まで来ていた。
春さんの指先が壁にふれたしゅんかん、
スタート台を強くけった。
するりと水へ飛びこんで、自分の作りだした波に
体を乗せる。
体は軽く、そのまま水にとけこんでいくみたいだ。
気もちいいな。
なんだか久しぶりに、心からそう思った気がした。

……ああ、特訓生を目指してがんばるうちに
すっかりわすれてたけど、ぼくは気もちが
いいから泳いでたんだよな。
思わずふっとほほがゆるんだ。

プールのある建物を出ると、「じゃあ」と右手を上げて春さんはこちらに背中をむけた。

暑い日ざしの中へ、大またでずんずん進んでいく。

「あっ、ありがとうございました」

あわててさけんだ海音につづいて、

「ありがとうございました」

ぼくと陽太の声がそろった。

春さんの背中が見えなくなると、ぼくは陽太にいった。

「つぎの学校では、きっとうまくいくよ」

本気で泳いで、本当の自分を出せたんだもの。

うなずきかけるぼくに、陽太はふっとほほを上げた。

「今回もうまくいったよ。スイカで、蓮と海音に会えたしさ」

そういっててれくさくなったようで、すいとむこうへ視線をそらす。

ぼくらと出会えたからうまくいった、ってことか。

ほっこりと温かい気もちになっていると、海音はぼくとはべつのところに反応した。

「スイカって……、今、陽太がスイカって……」

そういえばたしかに、

「陽太もすいすい川原クラブのこと、スイカってよんでたんだね」

きっと陽太はそんな風によばないと、海音と予想したのを思い出した。

「えっ、あっ、まあ……、だって……」

もごもごロごもる陽太のほほは真っ赤だ。

「なんだー、陽太もそうよびたかったのかー」

海音が陽太の肩をばしばしたたく。

「ち、ちがうって」っていってるけど、陽太の顔は半分わらっている。

わらいあうふたりを見てふっとほほえむと、

「ああ、楽しかったなあ」

口からぽろりと言葉がこぼれでた。

「ほんとだね」とうなずいて、海音はぐんと空を見上げた。

真っ青な空が広がっている。まるで青い水をたたえるプールのようだ。

陽太もそれを見上げてまぶしそうに目を細めると、

「おれ、もっと気もちよく泳ぎたいな」

ふうっと息をはきだした。

ぼくと同じく、空にプールを見ていたみたいだ。

「ぼくはね、平泳ぎをもっと上達したい」

ぴっとかた手を上げて海音が宣言する。

そうだよな。これからも泳ぎつづけたら、きっと今よりずっと
うまく、速く、自由に泳げるようになるんだろうな。

青い空は、どこまでもどこまでも広く大きく広がっている。

「ぼくも、まだまだここからがんばるよ」
そういうと、ふたりがこちらをふりむいた。
太陽の明るい日ざしをあびて、
みんなの笑顔はキラリと光っていた。

作・宇佐美牧子（うさみ まきこ）

小学校の教員を経て、作家になる。作品に『星おとし』『クラゲに願いを!』（文研出版）、『ときめき団地の夏祭り』（くもん出版）、『合い言葉はかぶとむし』『キワさんのたまご』『はれ晴れ池をさがして』（以上ポプラ社）などがある。学校の講師の仕事と子育てを通して、創作のパワーをもらっている。

絵・酒井 以（さかい さね）

イラストレーター。嵯峨美術短期大学卒業。少年少女のピュアなまなざしを柔らかな線とやさしい色彩で描く。イラストを担当した作品に、『かみさまにあいたい』『はじめての夏とキセキのたまご』『青く塗りつぶせ』『ロボットのたまごをひろったら』（以上ポプラ社）『ひかる石のおはなし』（あかね書房）『チーム紫式部!』（静山社）など多数ある。

参考文献

『水泳 クロール・平泳ぎ完全マスター』アクラブアクアエクササイズ研究会、金子日出澄 著／主婦の友社
『4泳法をマスターする！ 水泳 練習メニュー200』小松原真紀 監修／池田書店

ポプラ物語館 94

まだまだここから

2025年5月　第1刷
作・宇佐美牧子　絵・酒井 以

発行者　加藤裕樹
編　集　上野 萌
発行所　株式会社ポプラ社
〒141-8210　東京都品川区西五反田3-5-8　JR目黒MARCビル12階
ホームページ www.poplar.co.jp
印刷・製本　中央精版印刷株式会社

Designed by　楢原直子（ポプラ社デザイン室）

ISBN978-4-591-18596-4　N.D.C.913　191p　21cm　Printed in Japan

P4035094